回归悦读，拥抱经典

轻经典

百万英镑

[美] 马克 · 吐温 著　李彦 译

中国友谊出版公司

图书在版编目（CIP）数据

百万英镑 / (美) 马克 · 吐温著 ；李彦译. -- 北京：中国友谊出版公司，2015.8 （2017.4 重印）
ISBN 978-7-5057-3576-7

Ⅰ. ①百… Ⅱ. ①马… ②李… Ⅲ. ①中篇小说－美国－近代 Ⅳ. ①I712.44

中国版本图书馆CIP数据核字(2015)第194305号

轻经典

书名 百万英镑
著者 [美]马克·吐温
译者 李彦
出版 中国友谊出版公司
发行 中国友谊出版公司
经销 新华书店
印刷 北京中科印刷有限公司
规格 889×1194毫米 32开
6.5印张 155千字
版次 2015年12月第1版
印次 2017年4月第2次印刷
书号 ISBN 978-7-5057-3576-7
定价 35.00元
地址 北京市朝阳区西坝河南里17号楼
邮编 100028
电话 （010）64668676

目 录

译者序

密西西比河上的漂流赋予马克·吐温（Mark Twain，1835—1910）纵横恣肆的笔风，可以说当代人在编故事的本领上真的很难超越这位巨匠。本书中这些中短篇作品怎么看都不像是对历史或文学的记述，倒像是一位饱尝了江湖风险后的老人，擎着一只烟斗与身边过客神侃消磨时间。那只跳蛙的故事总是听过的，其中不可思议的情节、痛揭人性的结局谁能不为之惊叹呢？马氏以笔锋辛辣、戏谑人生而著称，文论界将他供奉在美国批判现实主义文学的奠基人、世界著名的短篇小说大师的宝座上。或许阅尽近现代文学的你并不肯贸然相信，毕竟马氏在中国风头最健的时候，中国文论界还是无产阶级文学评论最昌盛。

接受翻译马氏名篇的任务在1998年，然则因为出版业为当时的读者市场所左右，最终放弃了出版全集的计划。其后又有两家出版社对该书表示有兴趣，然则每每兴奋谈起，败兴结局。时隔十七年，读者的审美曲折变迁了几个回环，最后又回到了经典的怀抱，由此可见，文学经典是超越时间界限的。

本书中的选篇无不是马克·吐温戏谑名篇。其辛辣不因篇幅而空洞，其回味不因长度而浅薄。其中最知名的《百万英镑》，是马氏作品中典型的甜文。其余作品也都以主人公历经艰辛、最终好人赢得美满结局为主要特色，当然不可或缺的元素是揭示一些社会的“潜规则”。

《百万英镑》是本书中最脍炙人口的作品，故事情节紧张而富于戏剧性。谁料想规律而进取的生活因周末的出游而彻底改变，然而不破不立的社会规律再一次显现出其超强悍的话语权。这个沦落街头的小伙子凭靠气派和修养，以及有了一张百万钞票赢得了真正的富贵，甚至美满的姻缘。本文与已有译本唯一的不同点在于措辞，毕竟这样一篇内容轻松、结局美好的故事语言也应当轻松愉快，译者并不想用佶屈聱牙的辞藻来表现自己的学养。

人从什么时候开始撒谎呢？让我们推算一下吧。马克顿足捶胸坦白了“第一次撒谎又是如何改邪归正”的经历，与世人共勉。那是一只别针的故事，发生在1835年。

阿尔弗雷德·帕里什把护照丢了，“要家要自由，还是要西伯利亚要死亡”，全看他的父亲怎么评价一幅邻家男孩的画作。你说稀奇不稀奇？让我们感谢上帝创造了这位艺术家吧！因为那幅画简直就是你可能做过的最可怕的噩梦，然而如果它能帮你找到身份证明人的话，它简直就是天地造化了。

另一位已然故世的老马先生曾经调侃偏方治大病的故事，这位老马也介绍了一剂偏方：西瓜。当然故事的魅力并不在西瓜上，就算是三角形的西瓜又能如何？大不过贵一点。不过再看看出身社会底层的扫烟囱的小汤米是怎么上达天听的吧，有没有点触动呢？有一首新生代诗写得好：“这人生本没有路，有的只是网络。”当你请十个人吃饭的时候就正好坐在十条线的结点上举杯。

见过“一赶五”的角色吗？有没有想起什么京剧名角或者《古今大战秦俑情》之类的情节？这出戏是在维也纳的伯格剧院上演的《巴尔米拉的主宰者》，估计马氏未必真的相信灵魂转世，他只是想给世人提个建议，生活并不总是喜剧的，严肃与孤独的情节同样真实。

“外交官的薪水与衣着”向来不是平民百姓需要考虑的事，然而细腻入微的马克先生居然注意到了。因为美国大使收入菲薄，官方场合露面的时候只能穿着毫无高雅尊贵可言的服装，比起别国官员来说，美国大使的朝服简直就是一声虔诚而激昂的谴责。至于话外音就要看读者的理解了。

弗朗索瓦兹·米勒究竟是“活着还是死了”呢？出名的未必是真才子，才子未必出名，反正艺术家如果还活着，他的作品是卖不出好价钱的。如果死了……？四个绘画朋友用掷色子的方式选出米勒，第二天三个人带着几个法郎上路了。长路行走，鼓号喧天，米勒出名了。也许合上书本时，你瞥见有个陌生的身影闪进隔壁的寓所，而他就是某个早已妇孺皆知、不在人间的巨匠呢！

奥地利的爱迪生逃过兵役，可他是著名的发明家，政府也打算帮他合理合法地解决这个问题。于是在官方煞费苦心地寻找之下，终于找到一条已经让人民忘在脑后的法令来，于是发明家可以免除兵役了，但他必须成为一名小学校长，每两个月回村子一趟，给学生上半天课。掩卷之余，亲爱的读者，你说谁才是真正的发明家呢？是什切潘尼克，是政府，还是马克·吐温呢？

人之初，只有亚当和夏娃两个人。夏娃居然从树林里找到一条鱼，还总是半宿抱着它，和它做游戏。后来亚当发现它不是鱼，恐怕是只袋鼠，再后来又有点像熊。十年之后才明白，它是个男孩子。亚当显然因为没有把苹果核咽下肚，写的日记也让人费解。当然如果你环顾周围，你的家人、你的居所，处处都是线索。

《死亡赌博》的故事发生在克伦威尔时代，英勇的军官为了军人的荣誉违犯了护国公的军令，他和另外几名军官之中有一个人面临死亡。小女儿艾比亲自登场了，解决了克伦威尔的两难之境。孩子把死亡圆盘交给了父亲，人间的悲剧莫过于此了。幸而上帝在关上门的时候没有忘记开启一扇窗。

马克·吐温的思想和创作从轻快调笑到辛辣讽刺再到悲观厌世，经历过三个阶段。他的早期创作，如短篇小说《竞选州长》（1870）等，以幽默、诙谐的笔法嘲笑美国“民主选举”的荒谬和“民主天堂”的本质。中期作品，如长篇小说《镀金时代》（1874，与华纳合写）、代表作长篇小说《赫克贝利·芬恩历险记》（1886）及《傻瓜威尔逊》（1893）等，则以深沉、辛辣的笔调讽刺和揭露像瘟疫般盛行于美国的投机、拜金狂热，及暗无天日的社会现实与惨无人道的种族歧视。《赫克贝利·芬恩历险记》通过白人小孩赫克跟逃亡黑奴吉姆结伴在密西西比河流浪的故事，不仅批判封建家庭结仇械斗的野蛮，揭露私刑的毫无理性，而且讽刺宗教的虚伪愚昧，谴责蓄奴制的罪恶，并歌颂黑奴的优秀品质，宣传不分种族地位人人都享有自由权利的进步主张。19世纪末，随着美国进入帝国主义发展阶段，马克·吐温一些游记、杂文、政论，如《赤道环行记》（1897）、中篇小说《败坏了哈德莱堡名声的人》（1900）、《神秘来客》（1916）等的批判揭露意义也逐渐减弱，而绝望神秘情绪则有所生长。他被誉为“美国文学中的林肯”。本书并非全集，只摘选了马氏著作中或老少皆知，或默默无闻的十来篇中短篇作品。我们认为就好像许多伟人的一生一样，不可能每一个决定都是惊世妙笔，马克·吐温最吸引人的作品都在这部文集之中，等待你去发掘她的魅力。

百万英镑

二十七岁的时候，我在旧金山的一家矿产代理商的公司里做职员，股票领域的一切细枝末节我都精通得很。当时我孑然一身，毫无倚仗，能赖以为生的只有自己的这点才华，还有清白的名声。然而正是因为有才华有好名声才让我踏上致富之路，心甘情愿地为璀璨的未来而奋斗。

周六下午股市收盘之后，我的时间就都由自己支配了，我习惯于在此时划上一条小舟到海湾里待会儿。有一天，我的泛舟探险之旅出了格，一直划到了海面上。夜色垂了下来，我堪堪要丧失所有希望的时候，却被一艘开往伦敦的大型双桅的横帆船救了起来。漫长的航程中风雨交加，他们让我当一个普通水手，用劳力抵充船票的钱。抵达伦敦时，我上了岸，这时候已经衣衫褴褛，只有一块钱傍身了。就靠这一块钱，我解决了二十四小时的食宿问题。随后的二十四小时里我既没有食物可以果腹，也没有片瓦能够遮头了。

再之后的那个白天，大约在上午十点钟左右，我当时穿着一身破衣烂衫，饿着肚子，拖着脚步在波特兰大街上走。这时一个保姆领着一个小孩走过我身边，一只肥美的大鸭梨就被他扔进了下水道，才刚刚咬了一小口。我自然停住了脚步，渴求的目光紧紧地盯住了那个满身泥污的至宝。我口水泛滥，我的胃肠是那么需要它，我的整个躯体都在祈求它的垂怜。然而，但凡我稍微动作一下想去把它捡起来的时候，就有过路的人发现我的动机，于是我又只好站直了身子，装出对它完全无动于衷的样子。同样的情况一次又一次地重现，我怎么也拿不到那个梨。正当我绝望到准备不要脸、捡了梨再说的时候，身后的一扇窗子打开了，一位绅士在窗子里开口道：

“请进这里来。”

一位身穿华美制服的侍者为我开了门，带我来到一个美轮美奂的房间，两位年长的绅士正坐在里面。他们要侍者退下，而后请我落座。两人刚刚用过早餐，那席上的残羹冷炙一入眼就征服了我。有这些食物在眼前，我很难保持自己的机智，然而没有人要我品尝，我只好强忍着。

这间屋里刚刚发生了一件事，直到好多天以后我才知道事情的原委，我现在就告诉你是怎么回事。这两位是老哥俩，这两天有件事两人观点相左，争执不休，最后俩人议定打个赌来论输赢——这是英国人摆平事端的手法。

你也许记得，英格兰银行曾经发行过两张面值一百万英镑的巨额钞票，原本要用于和某一个国家之间进行的一个特殊的交易。不知什么缘故，只用了其中一张，而后就注销了；另一张还躺在英格兰银行的地下室里。好了，这对老兄弟聊天的时候突发奇想：假如有位诚实守信、足智多谋的外地人在伦敦落了难，没有朋友可以求助，除了一张百万英镑的巨钞没有别的资金可以依赖，而且还没有办法证明自己就是这张巨钞的主人，那么这个人会遭受怎样的命运呢？兄弟甲说这个人肯定会饿死；兄弟乙说饿不死。兄弟甲说，无论是银行还是别的什么地方这张巨钞都没法用，因为他肯定会被人家当场逮捕。于是兄弟俩争论了起来，直到最后，乙说愿意出两万镑打赌，赌这个人靠着这张巨钞怎么也能挺过三十天，而且不会被抓进监狱。甲接受了提议，而后乙跑到英格兰银行把那张巨钞买了回来。你瞧，百分百的英国派儿，胆气十足。而后，他口述了一封信，让一位职员用优美的圆体字书写出来。再后来兄弟俩就坐在窗前待了整整一天，等候着找到一个合适的人选把这张巨钞交给他。

他们看到了形形色色的面孔：很多人看起来诚实可信，但不够聪明；有的聪明伶俐，却不够诚实；还有不少既聪明又诚实，但是算不上穷光蛋；即便瞧见一个穷光蛋，偏偏又不是外乡人。总有一点不尽如人意，直到最后我出现了。这次两兄弟达成了共识，认为我符合所有的条件，一致选定了我。而现在我正等着人家告诉我究竟为什么叫我来这里呢。他们开始询问一些有关我个人情况的问题，不多久就摸清了我的身世。最后，他们告诉我，我的情况正合他们的心意。我说很高兴自己能合二位的心意，但不知是哪方面。两位之中的一位递给我一个信封，说打开一看就明白了。我正要打开信封，他却阻止了我，要我带到下处去再仔仔细细地看，不能浮光掠影地看，也不能鲁莽从事。我摸不着头脑，还想要进一步谈谈，他们却不肯。于是我只得告退，他们显然是拿我开涮呢，可我的境况由不得自己冒犯这些有钱有势的人，不得不忍受人家的羞辱，心底觉得很受伤。

我本来可以捡起那个鸭梨，当着全世界的面吃掉，可是现在鸭梨不见了。就是说因为不凑巧碰到这件事，我连鸭梨都丢了，一想到这里，对那两位的怨念就一丝儿也减不掉了。刚刚走到看不见那座房子的地方，我便打开了信封，却发现里面装的居然是钱！跟你说实话，我对他们的看法一下子就转变了！我一分钟也没耽搁，把信和钱往马甲口袋里一塞，拔腿就往离我最近的便宜小吃店跑。哇，真是好一顿胡吃海塞啊！到最后肚子实在撑不下了，我才把钱掏出来、展开，只扫了一眼，我差点晕了过去。五百万美金！怎么会这样，我的脑袋都不会转了。

我目瞪口呆、两眼放光地瞪着那张巨钞足足一分钟才神魂归位。而后发现，第一个映入眼帘的是小店老板。他的目光全在钞票上，仿佛已经石化了。他全身心都在膜拜这张钞票，看上去手脚都不会动了。我顿时灵机一动，采取了唯一理智的举动。我把钞票递给他，一副浑不在意的样子说：

“请您给找钱吧。”

他这才恢复了常态，千言万语地道着歉，说实在找不开，无论怎么说都不肯碰我的钞票。他其实想看，一个劲儿地打量；好像怎么看也看不够似的，可是偏偏又畏畏缩缩地不敢碰它，仿佛那上面有什么神圣的灵光，像他这样的肉体凡胎是承受不住的。我说：“若是给您添麻烦了，我很抱歉，但是我坚持您要收下。请给我找钱；我没有其他钱了。”

可是他说没关系；这点小事微不足道，他很乐意下次再说。我说，很长一段时间内恐怕不会来这一带；他又说无所谓，他等得，而且下次我想吃什么就吃什么，愿意什么时候来就什么时候来，结账的事乐意什么时候结就什么时候结。他说，总不能就因为我本性活泼，喜欢乔装打扮跟老百姓开个玩笑，他就信不过我这样一位有钱的绅士。这时候又进来一位吃客，于是老板示意我把这张巨灵神收起来，然后一路鞠躬如也地送我出了门。我抬脚就直奔那座房子而去，那兄弟两人犯了这么大一个错误，得赶紧找他们纠正过来，别等警察把我抓起来替我纠正错误。我精神高度紧张，简直是忐忑不安。虽说不是我的错，但是我很了解人性，我知道要是他们发现本想用一个英镑打发一个流浪汉，结果错把一百万英镑打发了出去，他们肯定要大发雷霆臭骂流浪汉一顿，却绝不会怪自己眼神不济。那房子越走越近，我发现四下里平安无事，忐忑的心情才渐渐平复，我断定还没有人发觉给错了钞票。我按响了门铃。出来的还是那个侍者。我求见两位绅士。

“他们走了。”他摆出一副高傲冰冷的态度说道，就是他这种人惯常的口吻。

“走了？去哪里？”

“旅行。”

“可是去什么地方？”

“我想是去欧洲大陆了。”

“欧洲大陆？”

“是的，先生。”

“什么方向——走哪条路线？”

“无可奉告，先生。”

“何时返回？”

“他们说一个月后。”

“一个月啊！噢，糟糕！给我出个主意吧，怎么才能给他们传个信。事情迫在眉睫。”

“实在是无能为力。他们去了哪里我根本不清楚，先生。”

“那么，我必须面见他们家的其他人。”

“全家都走了；出国几个月了——我想他们都在埃及和印度呢。”

“小伙子，出了一个万分严重的错误。不入夜他们肯定会回家。可否请你告诉他们我来过，这件事一天没有处理妥当，我就天天来，他们不必担心？”

“他们一回来我就转告他们，但是我料定他们不会回来的。他们说过，你走后一个小时之内肯定会赶回来询问他们的行踪，我必须告诉你一切正常。他们会按时返回等着你来。”

话说到这份上我只好不再追问，走开了。真是猜不透！我好像一点头绪都没有。他们会“按时”返回。按的什么时？对了，那封信上也许说了。我把信的事忘光了；抽出信来一看，上面写道：“你的面容透露出你头脑聪明、诚实可信。我们看出你手头拮据，来自外乡。信封里有一笔钱，可以借给你用三十天，不用付利息。期限截止当日你要来这座宅邸汇报。我以你的事情打了个赌。如果我赢了，你可以在我的职权范畴内任选一个职位就任——所谓任选的职位指的是你能够证明自己确实熟知并且能够胜任的任何职位。”

信后没有署名、没有地址，也没有标明日期。

哇，好大一团乱麻呀！这件事的起因你现在已经知道了，但是我当时对此毫不知情。那时候我就仿佛陷身于一个乌漆墨黑的地洞，这个游戏究竟是怎么回事我一丁点都不明白，也不清楚卷进去是福还是祸。我走进一个公园坐下来，想梳理一下思绪，考虑该如何是好。

经过整整一个小时的推想，我终于归结出以下的结论：

那两个人也许出于好心，也许出于歹意，无可推究，所以就不研究了。他们设计了一个游戏，也许是一个阴谋，也许只是一个实验，无可推究究竟是什么，所以也不研究了。他们拿我打了个赌，赌的内容无可推究，所以也不研究了。于是无法确定的成分都清理出去了，剩余的部分都是看得见、摸得着、实打实的，或许可以贴上确认的标签。如果我要求英格兰银行将这张钞票存入那个人的账户，对方肯定会照办，因为银行认识此人，虽说我不知道他的身份；但是银行必定要问我这张钞票怎么落到了我的手里。如果实话实说，银行自然会把我送到收容所；如果满嘴跑火车，他们会把我送进拘留所。如果我企图把钞票存在哪家银行里，或者抵押了它换点钱，下场也一样。不管我乐意不乐意，我只得扛着这个“亚力山大”的包袱，一直扛到那两个人回来。这张钞票对我百无一用，形同废纸一张，可是我还得一边讨生活，一边小心看好了它，照顾它。即使想甩掉它也办不到，因为无论安善良民还是拦路的强梁都不肯要它，一指头都不会碰。那兄弟两个一点风险都没有。即便我把钞票丢了或者烧了，还是没有损失，因为他们可以要求银行止付，他们的财产分毫不动；可是这个月里我操心受累，既没有辛苦费可拿，也没有红利可分——除非我能帮他赢了赌约，无论究竟赌的是什么吧，我就能获得许诺给我的职位。我情愿得到那个职位，因为他们那个层次的人职权所及的职位都是值得搏一搏的。

想到那个职位，我浮想联翩，开始越来越期盼。毋庸置疑，薪水绝对可观，一个月之后就能开工，熬过一个月我就万事大吉了。一霎时我感觉妙极了。想到此处我又在街道上游荡起来。一家裁缝店映入眼帘，我立时产生了一个强烈的愿望，想要剥掉这身破衣烂衫，给自己重新置一身体面的行头。买得起吗？买不起，除了那张百万英镑，我身无分文。因此，我强自压抑着继续往前走。然而过不多久我又晃了回来。那诱惑好比酷刑折磨着我。在坚决地和这个诱惑做斗争的过程中，我已经在裁缝店门口来来回回往返六趟了。最终，我还是屈从，只有投降了事。我问他们是否有人家不合身甩下的衣服。我问的那个伙计没应声，只是朝另一个人点了点头。我又朝他示意的那个伙计走去，他同样一声不吭，又朝第三个人点了点头。我朝这个人走去，他说：

“马上就来。”

一直等到他干完手头上的活，他才引我去里间屋，在一堆被人退货的衣服里扒了扒，捡出最邋遢的一套给了我。我换上了衣服，并不合身，一点也不好看，但终归是新衣服，我急不可待地想要买下来；所以我什么毛病也没挑，只是不太自信地说：

“如果您可以赊几天的账我将不胜感激。我身上没有带零钱。”

那个伙计做出一副极其嘲讽的表情，说道：

“哦，您没零钱啊？好吧，当然了，我原本也料定您没带。我以为像您这样的绅士只带大钞票出门呢。”

我被他刺痛了，说道：

“朋友，碰到陌生人，可别只看衣服不看人啊。衣服我买得起，只是怕你找不开大票子，不想给您添麻烦罢了。”

听了这话，他稍微收敛了一点，可是说话的口吻还是有点那个劲儿，他说：

“我可没有出口伤人的意思，可是既然您怪罪了，我还是得说，您不分青红皂白就断言我们找不开您带的票子，按说找钱这事可不归您管。事情根本不是那样，我们肯定找得开。”

我把钞票递给他，说道：

“哦，太好了；很抱歉。”

他接了过去，脸上漾着笑意，就是那种满脸笑成一大朵花一样的笑容，笑容里藏着一层层的褶儿、一圈圈的皱、一团团的漩儿，整张脸仿佛往池塘里扔了一块砖头之后的样子。然而，才瞅了那张钞票一眼，他的笑容就冻住了，枯萎了下去，好像维苏威火山的山坡上有些平坦的地方遍布着起起伏伏，像虫子蠕动着爬过似的凝固了的熔岩。我从来没见过谁的笑脸定格成这副样子，顿成永恒了。那家伙抓着钞票站在当场，又带着那样一副表情，于是店主赶紧过来看看究竟怎么回事，他轻快地说道：

“喂，怎么回事？出了什么问题？您想要点什么？”

我说：“没有任何问题。我在等他找零钱。”

“去啊，去啊，给人家找零钱去，托德；给人家找零钱去。”

托德回嘴说：“给人家找零钱去！说得轻巧，先生，您自己瞧瞧这是多少钱。”

店主瞅了一眼，吹了一声悦耳的口哨，声音不高，而后一头扎进那堆退货的衣服里，劈手抓了这件、捡了那件。一边挑选一边激情地说话，仿佛是自言自语似的：

“托德真是个笨蛋——天生的笨蛋。他居然把这么一套让人难以启齿的衣服卖给一位古怪的百万富翁。他老是干傻事。他迟早得把百万富翁都轰走，因为他从来就分不清谁是百万富翁，谁是穷光蛋。啊，这才是我要找的东西。求求您把身上的衣服脱下来烧掉算了，先生。请您赏脸换上这件衬衫和外衣；这几件才对，太合适了——朴实、华美、端庄，这气派堪比王侯；原本是给一位外国的亲王做的——也许您还认识他，先生，哈利法克斯的赫斯庞达尔殿下。他把衣服留在这儿，带走了一件丧服，因为他母亲垂危了——可是后来并没去世。不过一切都好，怎么可能都照我们——我是说，都照他们——好啦！裤子正合适，衬得您很精神，先生；再试试马甲；啊哈，也合适！还有外套——我的主啊！瞧瞧，喏！完美——简直完美无缺！今生今世我头一回见到这么华丽的打扮！”

我表示满意。

“先生明见，先生明见。我得说，这身衣服能权且应付一阵子。不过，您等着瞧好了，看我们按照您的身材定制衣服。托德，过来，带上本子和笔；量一下尺码。裤长 32 英寸——”还有如此之类的话。不等我插一句话，他已经量完了，开始吩咐手下定做大礼服、日间礼服、衬衫，还有形形色色的衣服。我好容易才插嘴说道：

“不过，亲爱的先生，除非您愿意赊账，不确定付款的限期，或者您能找开零钱，否则我不能订制这些衣服。”

“不确定限期！这话太没底气了，先生，太没有底气了。得说无期限——这样说才给力，先生。托德，赶紧动手把这些衣服赶制出来，做好了一刻也别耽搁，按照这位绅士的地址送到府上去。那些无关紧要的客户先放一放。把先生的地址先记下来，然后——”

“我正要换个落脚处。下次顺路来的时候我会把新地址留下。”

“先生明见，先生明见。您慢走——请允许我送您出去，先生。走好——再会先生，再会。”

哇，这以后会发生什么事你还不明白吗？我只要随心所欲地买下自己想要的东西，然后要求人家找零钱。不出一个星期，所有舒适生活所需以及奢侈品我都配置得极为丰富了，还在汉诺威广场一家昂贵的私家旅馆里安置下来。正餐我都在旅馆里吃，但是早点我每每到哈里斯开的寒酸的小门脸吃，这张百万英镑给我换来的第一顿饭就是在那里吃的。我成就了哈里斯小吃店的成功。消息传开了，说有个怪异的外国人马甲口袋里装着一张百万英镑的巨钞常来光顾这家小店。有这句话就足够了。当初那个勉强糊口的可怜小店，如今闻名遐迩、贵客盈门。哈里斯对我感恩戴德，非要借钱给我，推都推不掉；因此，虽然我仍然一文没有，但是囊中并不羞涩，过上了富足奢华的生活。我也估摸着，过不了多久这个美梦就得破碎，但是我现在正在梦中，如果不继续做下去，就得淹死在梦里。你瞧，这件事原本荒唐至极，可是现在因为有几分大祸临头的感觉，反而显出严肃而悲情的一面。夜色黯然降临时，这种悲情的感受每每从黑暗中浮现出来，警告我、威胁我，让我长吁短叹，让我翻来覆去、难以入睡。但是在明媚的阳光下，这点悲情的感觉又悄然消逝，我又醺然而笑，飘飘然起来。

这也不奇怪：我已经成为这座国际都会里大名鼎鼎的人物了，头脑的转变何止是一点点，那当真是很可观。当你拿起一份报纸，无论是英格兰的、苏格兰的，还是爱尔兰的，绝对会看到一两条有关“马甲口袋里揣着百万英镑的富豪”以及此人最近的所作所为、言谈话语的报道。最初，有关我的报道列在街谈巷语栏目的尾巴上；后来，就超过了爵士们的消息，再后来依次超越了准男爵、男爵，以此类推，随着我的名气越来越响亮，在报纸上的排名也越来越高，一直抵达社会地位的最高境界才维持不动。这时我的排名已经超越了所有非皇族出身的公爵和除了全英大主教以外所有的神职人员。不过注意，这可不算是名望，迄今为止我赢得的不过是名气。就在这时，有件事将我的名声推向了巅峰——就好比被皇室封赏了爵位一样——于是我那不堪一击的名气瞬时化作了万古长青的纯金声望：《笨拙》杂志刊登了我的漫画！对，现在我已经是成功人士了，地位也稳固了。仍旧有人拿我开玩笑，但是即便是玩笑也都是恭恭敬敬的，不含嘲讽的意味或者粗野的口吻；面对我的笑脸也都是温情的笑靥，再没有冷嘲热讽。那样的日子终于一去不复返了。《笨拙》杂志把我画成一副衣衫褴褛的穷酸相，浑身都飘着布条儿，正在跟守卫伦敦塔的壮汉讨价还价。哇，你能想象到，一个从来无人问津的小伙子，突然之间，每说一句话都有人记下来宣扬得人尽皆知，但凡出门就能听到这样一句话从一个人口中传到另一个人耳中："走在那边的那个人，就是他！"每逢用个早餐都有一群人围观；一旦出现在歌剧院的包厢里，就有上千支长柄望远镜瞄准你。哇，我每天都在荣耀中旋转——也就是大出风头。

你知道，我还保留着那套破衣烂衫，时不时地穿出去，好重温一下当初的乐趣：买点零头碎脑的小东西，等着人家把我损一顿，然后甩出百万英镑的巨钞把胆敢嘲讽我的人砸死。可是现在这点把戏玩儿不成了。报纸上的插图把我这套行头宣传得街知巷闻，所以但凡我穿着它出门时，立即就被人认出来，然后一大群人追在身后；每逢我想买点什么，不等我抽出巨钞，店主早就恨不得把满店铺的商品全赊给我了。

赢得了名望之后约莫过了十天，我去拜访美国公使，想为祖国尽尽职责。他以最适宜我身份的热情接待了我，责怪我不该在为祖国效力时迟迟不见踪影，还说要想得到他的原谅，就必须参加今晚的宴会，当晚有位嘉宾因病不能出席，我得补上空出来的座席。我表示同意，而后大家就聊了起来。原来他和我父亲是儿时的校友，后来又是耶鲁大学的同学，两个人的感情一直很亲近，直到我父亲离世。因此，他要求我但凡有空闲的时候就来他府上串串门，我当然求之不得。

实际上，何止是求之不得，我太开心了。因为将来露了馅的时候，他也许能救我于水火，免得我遭受灭顶之灾。具体怎么做我不清楚，但是也许他知道该怎么做。事到如今，我已经不能冒险彻底交代自己的情况，假如我在伦敦刚刚卷入这件糟糕事的时候就遇到他，肯定早就一吐为快了。不成，现在可不能冒险说出来；我已经深陷其中，也就是说，不敢对刚结识的朋友交心。还好就我个人看来，陷的深度还没有超过自己的心理底线。因为，你瞧，我赊账的时候很当心，一直不让债务超过自己的支付能力——我是指我的工资水平。当然，我还不清楚未来的工资到底有多少，但是我有足够的把握来估算：假如我赢了赌约，那么就有机会在那位豪阔的老先生职权范围内任选一个职位，只要我担当得了——我肯定能够担当；这一点毋庸置疑。至于那个赌约，我根本不担心；我运气一直不错。目前我猜想年薪应该有六百到一千英镑，就是说，首年能拿六百英镑，而后逐年递增，等到证明了自己的价值就能达到最高的数字一千英镑。目前我负债总额还在头一年的薪水范围内。人人都想借钱给我，我千方百计地好容易才谢绝了其中绝大部分，因此现金欠款有三百英镑，还有三百英镑是生活费和买东西赊的账。相信，只要小心点，节省着过日子，第二年的年薪足够我度过这个月剩下的那些天，我打定主意要打上万分的小心，别花超了。等到这个月过完了，我的老板也旅行归来了，那时我就可以万事大吉，可以立即用头两年的薪水把债主们的账分别还上，然后马上投入工作。

晚上的宴会十分美好，席上一共十四位：有肖尔迪奇公爵夫妇和他们的爱女安妮—格蕾丝—爱莲诺—赛莱斯特等等—德·博恩女士、纽盖特伯爵夫妇、齐普赛子爵、布拉瑟斯凯特爵士夫妇，几位没有爵位的百姓，男女都有，公使夫妇和他们的女儿，以及女儿的朋友。她是个英国姑娘，芳龄二十二岁，名叫波西亚·兰厄姆，相识仅仅两分钟我就爱上了她，而且不必戴上眼镜我也看得出——她也爱上了我。还有一位宾客来自美国——这个人我提得早了。大家还在会客厅里等着，一边为晚餐培养着情绪，一边冷眼审视着晚来的宾客。这时仆从大声说：

"劳埃德·黑斯廷斯先生到。"

黑斯廷斯和别人寒暄如常，而后他就瞧见了我，于是笔直地走过来，热诚地伸出手来；正要和我握手，他蓦然顿了一下，脸上现出几分尴尬地说：

"不好意思，先生，我原本以为认识您呢。"

"啊，您确实认识我，老朋友。"

"不可能。难道您就是那位——那位——"

"马甲怪人？对，就是我。不用害怕叫我的外号，我已经习惯了。"

"哇，哇，哇，太意外了。有过一两次我看见你的名字和那个外号出现在一起，但是我从没想过报上说的亨利·亚当斯居然就是你。怎么说呢，这才过了六个月，六个月之前你还在旧金山布莱克·霍普金斯的公司里当职员，挣点工资为生，为了挣点补贴还得加夜班，帮我整理核查古尔德和加利矿业公司的招股文件和统计数字呢。如今你居然来到伦敦，成了百万富翁，还名气冲天！怎么说，难道是《天方夜谭》的故事重现人间了。伙计，我根本想不透啊，怎么也弄不明白，容我再想想，脑子里简直是一盆糨糊。”

“其实，劳埃德，你也不比我差呀。其实我自己也没弄明白。”

“天哪，这事太唬人了，不是吗？怎么说呢，距离今天整整三个月以前，我们还一起去矿工饭店吃饭——”

“不对，那天去的是快活林餐厅。”

“对，是快活林，我们凌晨两点才去的，那些招股文件把我们折磨了整整六个小时，然后我们就去啃了块排骨，还喝了杯咖啡。当时我想劝你跟我一起来伦敦，还提出替你请假、出路费，假如那笔生意谈成了，我还要给你点好处；那时候你根本听不进去，你说我成不了，说自己的工作进度不能打断，一旦断了回来的时候再想接手原来的进度，那花的时间就没头儿了。可是你还是来了。世事难料啊！你是怎么来的？究竟出了什么事让你迈出这么不可思议的一步？”

“哦，那是个意外。故事说起来话就长了——要是人家说，肯定得说是传奇故事。之后我再跟你说，可是现在不行。”

“什么时候？”

“这个月底。”

“还有两周多的时间呢。有这么件事老是勾着我的好奇心太难受了。一周怎么样？”

“我还不能说。慢慢你就知道了。话说你的生意进行得怎么样了？”

他兴冲冲的喜色一下子化成了青烟，叹了一口气说：

“你简直是未卜先知，哈尔[1]，未卜先知啊。要是当初没来伦敦就好了。这事我不想提。”

---

① 亨利的昵称。

“不讲不成。今晚告辞之后，你必须要跟我走，去我那儿，原原本本地告诉我。”

“噢，可以吗？你是诚心的？”他的眼睛里露出了水光。

“对，把这件事一字不落地告诉我。”

“真是感激不尽！经历了这么多坎坷之后，居然还能从别人的话语和眼神里听到、看到他对我本人、对我的事情的关心——我的主啊！你的关心就值得我折腰！”

他牢牢地握住我的手，精神也昂扬起来，而后情绪也恢复了，准备轻轻松松地参加宴会——不过现在还没有开席。不好，还是老问题，在那个满是臭毛病的、恨人的英国制度下，总是犯这个老毛病——入席的先后顺序问题还没解决，就没法开席。英国人出门赴宴的时候总是先吃一顿垫垫肚子，因为他们深知有可能饿肚子，可是没有人事先警告外地人当心，因此外地人总是心平气和地掉进陷阱里。当然，这次谁都没挨整，因为大家都曾经赴过宴，唯有黑斯廷斯是新手，但公使先生邀请他赴宴的时候曾经告诉过他，为了尊重英国人的习俗，晚宴其实根本没准备饭菜。每位男士都挽起一位女士鱼贯步入餐厅，因为通常都要走这个过场；不过，争议也由此开始了。肖尔迪奇公爵想率先入席，坐桌子的横头位置，他认为自己的地位比公使地位高，因为公使只是一个国家的代表，不能代表一位君王，但是我也坚持自己有权坐首席，不肯让步。在街谈巷语栏目里，我的排名在所有非皇室出身的公爵之上，因此我明说了，要求排在这位公爵的前面。尽管我俩争执不休，还是解决不了问题，最后他打算比出身和先人（这太不明智了），我“看得出来”他是想搭上征服者威廉一世[1],而我则“举起”亚当[2]的名字反击回去。我是亚当的直系后裔，我的姓氏就是明证；而他不过是威廉一世的旁支后裔，不仅从他的姓氏可以看出，还有他那根基短浅的诺曼血统都可以看得出来；于是大家重新鱼贯着回到客厅，站着吃点东西——碟子里盛着沙丁鱼和草莓，自愿组合，都站着吃。这种场合对座次的坚持就不那么重要了；地位最高的两位用抛硬币猜枚的方式决定先后，赢家第一个吃草莓，输家得到那一先令的硬币。然后轮到下两位猜枚，以此类推。用过点心，有人把桌子搬来了，我们就打克里比奇[3],六便士一局。英国人玩游戏的时候从来都不是为了怡情。如果不能赢点什么或者输点什么——他们倒是并不在乎是赢还是输——他们绝对不玩。

时间过得很愉快，当然是说我们两个，我和兰厄姆小姐。我仿佛中了她的魔法，手里但凡超过两副顺子就数不清楚了；分数凑够了也没发觉，还从最外面一排开始，原本我每局都得输，幸好那姑娘和我没什么两样，明白吧。因此我们两个谁都没赢，或者说我们俩谁都没花心思想想究竟为什么。我们只觉得心情好得很，其余的都不打算过问，也不希望被琐事打扰。我告诉她——我明说了——告诉她我爱上了她；而她——哇，她娇羞得连头发都红起来了，不过她喜欢听到我这样说；她也明确说了。啊！我这辈子从没经历过如此幸福的夜晚！我每次记录分数的时候都要加一句甜言蜜语；轮到她记录分数的时候她就表示接受了，和我一样。怎么说呢，哪怕是说一句“跟两张牌”，也要随后加一句：“我的天哪，你的样子真是甜美！”然后她会说：“一个十五得两分，一个十五得四分，一个十五得六分，加上一副对牌得八分，

---

① 征服者威廉一世（1028？—1087）：法国诺曼底公爵（1035—1087），英国国王（1066—1087）。

② 亚当：《圣经》故事中，人类的始祖。

③ 一种纸牌游戏。

再加八分一共二十八分——你真的觉得我很美？”眸光从睫毛后边斜挑起来偷偷瞄着我，要知道，那模样真是甜蜜又狡猾。啊，真是绝妙佳人！

不过，我对她可是实话实说、光明正大的。我告诉她我手里除了这张传说得沸沸扬扬的百万英镑的巨钞以外，我一文不名，而且即便这张钞票也不是我的，我的话激起了她的好奇心；然后我就低低地把故事的始末都告诉了她，她笑个半死。究竟什么缘故让她笑成这样，我也不明白，但是肯定有原因；每隔半分钟都有点新的情节吸引了她，我只好暂停下来，等上一分半钟，等她笑够了。怎么说呢，她的脸简直都笑得僵硬了——真的；我从来没有见过这种情况。我是说从没见过有人听到这样一段心酸的经历——一个人千辛万苦、愁肠百结、战战兢兢的经历——居然制造出这样的“笑”果。因此，眼瞅着她在实在没有什么事值得一笑的时候居然这么开心，我对她的爱意就更加直线上升了；因为要知道，照当时的情况看来，也许过不久我所需要的太太就是她这样的。当然，我还告诉她我们必须等上两年，等我挣上钱来；不过她并不介意这个问题，唯一的希望是我应当尽量控制一下花销，小心经营，千万别给第三年的薪水带来哪怕一星半点的损害。说完，她才开始担心我有没有估算错了，把第一年的起薪估算得太高，超过我实际所得。这话言之有理，我原本自信满满，现在却信心减弱；不过她的话同时也给我一个好点子，于是我开诚布公地跟她谈了。

“波西亚，亲爱的，等到我面见两位老先生的时候，你肯不肯陪我同去？”

她略微瑟缩了一下，不过还是说：

“我，我肯，假如陪你一起去能给你打打气的话我就去。不过——你觉得我去合适吗？”

“我不知道是不是合适，事实上，恐怕是不合适。但是，你瞧，这件事全靠你呢，你——”

“那我无论如何也去，不管合适不合适。”她婀娜美好、慷慨激昂地说道，“噢，想想看我也能帮得上忙，真是开心！”

“何止是帮忙？亲爱的。怎么说呢，这事全靠你了。你有如此迷人的美貌、如此惹人怜爱、如此使人陶醉，但凡你陪着我一起去，我的薪水准能越堆越高，让那两位好心的老先生宁可破产都心甘情愿。”

哎哟！你真该看看她红霞上涌、美目晶莹的样子！

“你这个坏心眼儿的马屁精！你说的一句真话都没有，不过我还是会陪你一起去。也许能给你个教训，千万别指望别人也和你一样的看法。”

要问我心头的谜团烟消云散了没有？要问我的信心振作起来没有？你就看事实吧：我在心底把头一年的起薪一下子提高到一千二百英镑。不过我可没告诉她；我要存在心底，到时候吓她一跳。

回程中我一路上都仿佛踩在云端一般，黑斯廷斯说的话我一个字都没听进去。直到我俩走进客厅，他对房间里应有尽有、舒适奢华的陈设赞叹不已的时候，我的心思才归位。

“让我在这站一会儿，看个够吧。我的老天！这简直就是王宫啊——简直就是王宫！一个人能想到的东西一应俱全，暖洋洋的炉火，连晚餐都预备齐了。亨利，看到这些，我不仅明白了你究竟多么富有，而且打骨子里明白了自己究竟有多穷——穷光光、惨兮兮，被打了一闷棍，一败涂地，全军覆没了！”

老天收了他吧！他的话让我激灵灵打了个冷战。我吓得如梦方醒，这才清醒过来，自己脚下的地壳只有半寸厚，地壳下方就是火山口。我原本还没意识到自己其实一直在做梦——也就是说，我一直没有给自己一点时间，容自己清醒地思考。可是现在，天哪！债台高筑、身无分文，还有一个可爱的姑娘的福祸未来就攥在我的手心里，而我的未来一片渺茫，只有一份也许——哦，恐怕——真的这辈子也到不了手的薪水！唉！唉！唉！我这辈子算是毁了！什么指望都没有！谁都救不了我！

“亨利，你一天挣的钱里只要稍微挥霍一丁点儿，我就——”

“哦，我一天挣的钱！来，热热地干了这杯苏格兰威士忌，振作起来。我们一起干了它！还是，不——你还饿着呢，坐下，来——”

“我一口都不用吃；我已经饿过劲了。这些天我一直食不下咽；不过我一定陪你喝个够，喝倒为止。来！”

“一杯对一杯，我奉陪！预备好了？开动！哪，劳埃德，我来兑酒，你把自己的事给我抻开了讲讲。”

“抻开了讲讲？怎么，还说啊？”

“还说？怎么这样讲？”

“说来，我是说，你真的想从头到尾再听我讲一遍？”

“怎么说我真的想从头到尾再听一遍吗？你这一问真让我摸不着头脑。等等，别再灌酒了。千万别喝了。”

“瞧瞧你，亨利，你吓着我了。来的路上我不是已经把前因后果都说了一遍了吗？”

“你说了？”

“对，我说了。”

“我要是听见了一个字，就让老天收了我。”

“亨利，这不是小事。我很头疼。在公使家你都干什么去了？”

这话有如一道闪电照亮了我，我得当个真汉子，实话实说。

“世界上最可爱的姑娘成了我的——俘虏！”

于是，他冲过来，和我握手，握呀，握呀，握得手都疼了，而且也不再责怪我怎么一路走了三英里，说了一路的话居然一个字都没听进去。而后他坐下来，耐心满满的还像原来的那个好小伙儿一样，他又把自己的故事复述了一遍。故事梗概大体如下：他来英国的时候原本带着一个自以为不凡的商机，替古尔德和加利矿业公司作“地方代表”，出售矿产“期权”，价格高出一百万的部分全部归他。他非常卖力地工作，所有认识的关系都拉扯上了，但凡是光明磊落的法子没有哪个放过的，几乎所有的钱都扔了进去，还是没有一个资本家为他所动，他的期权到下个月就到期了。总而言之，他完了。说完，他跳起身来大声喊起来：“亨利，你救得了我！你救得了我，而且世上唯一能救得了我的人就是你呀。好不好？难道不好吗？”

“告诉我该怎么做。说吧，小伙子。”

“给我一百万，再加上路费，我把‘期权’给你！千万，千万别拒绝我！”

我懊恼起来，有句话简直就要脱口而出了：“劳埃德，我自己也是个穷光蛋——镚子儿没有，还欠着人家好多钱！”但是，刹那间一个金点子蹿了出来，炽热得要烧起来似的，我一咬牙，竭力让自己的头脑平静下来，直到最后冷静得像一个资本家一样。然后我才用在商言商、泰然自若的口吻说道：

“我可以救你一把，劳埃德——”

“那么我已经得救了！上帝永远保佑你！有朝一日我——”

“让我把话说完，劳埃德，我会救你，但是绝不是用那种方式；因为你千辛万苦、冒着风险工作了很久，那对你不公平。我不需要购买矿产；我把资金放在伦敦这样的商贸中心城市，用不着买矿产资金也能涨；如今我的钱都投在这儿了，一直都这样运作的。不过我打算这样做：我对那座矿山当然也很熟悉；我知道它的价值很可观，如果有人要我发誓说这座矿山价值连城，我一定发誓。你可以随便借我的名义去推销，两个星期为期限，售价三百万，我们俩平分利润，五五分账。”

知道吗，要不是我把他绊倒捆起来的话，他欣喜若狂之下，一定会又蹦又跳地把家具都毁成柴火，把屋里的陈设砸个稀巴烂。

然后他躺在那里，喜悦地说：

“我可以借用你的名义！你的名义——想想看！伙计，这些伦敦的有钱人肯定会蜂拥着赶过来，为了抢购这些股票非得打起来不可！我大事已成，大事已成，这辈子我都忘不了你！”

不到二十四小时，伦敦城里就起了轩然大波！一天又一天，我白天什么都不用干，就坐在屋里对来访的人说：

“对，是我告诉他的，有人问起就来找我。我认识这个人，也很了解这座矿山。他的人品无可指摘，那座矿山的价值也远远超过他的要价。”

到了晚上就天天去公使府上陪着波西亚。关于矿山的事情我只字未提；我想留到以后再说，给她个惊喜。我们谈过薪水；只谈薪水和爱情，其余绝口免谈；有时候谈谈爱情，有时候谈谈薪水，有时候把爱情和薪水放在一起谈。我的天哪！公使的夫人和女儿对我俩的小事那么感兴趣，用尽聪明才智给我们创造条件，不让我们受人打扰，把公使先生蒙在鼓里，让他丝毫疑心都没有——哇，她们的心眼儿太好了！

终于到了月底，我在伦敦国民银行的账户里存入了一百万美金，黑斯廷斯也存了这么一笔数字。那天我穿着一身最体面的打扮，驱车经过波特兰大街上那座宅邸，种种迹象表明，外出的鸟儿回巢了；我到公使的府上接上我的至爱，一边往回走，一边兴冲冲地大谈薪水的事。兴奋和急切的情绪使她的魅力谁都无法抵御。我说：

“亲爱的，以你现在的美貌，我要的薪水若是比年薪三千英镑少一个子儿都是作孽。”

“亨利，亨利，你想毁了我们俩嘛！”

“别害怕。保持现在的样子，相信我。准保没问题。”

于是，一路走来，我反而要不断地给她鼓劲儿。她一直求我：“噢，千万记住，如果价码定得太高，也许就一毛钱也挣不到了；那我们就再也没有门路为生了，让我们怎么办好呢？”

还是原先那个侍者把我们引进了门，两位老先生都在。看到居然有一位俏佳人陪同我一起来，他们都很惊诧，但是我说：“这不算什么，先生们；她就是我未来的依恋和贤内助。”

我把两位先生介绍给她，直接叫出了他们的名字。他们并没有感到惊讶，因为他们知道我肯定查过地址簿，早就知道他们是何许人也。他们请我们落座，对我的态度很客气，对她则关心备至，生怕她感到不安，竭力让她放松。而后我说：

“先生们，我准备报告自己的经历了。”

“很高兴听你讲一讲。”赌我活得下来的那位先生说，“现在就能判断我和哥哥阿贝尔之间打的赌究竟谁输谁赢了。如果你让我赢了赌约，在我职权范围内的职位你随便挑。那张一百万英镑的钞票带来了吗？”

“给您，先生。”我把钞票递了过去。

“我赢了！”他喊了起来，拍了拍阿贝尔的后背，“现在还有什么可说的，哥哥？”

“我只好说，他确实活下来了，我还输了两万英镑。真是难以置信。”

“还有一件事要和二位汇报一下。”我说，“说来话长。请允许我再来一趟，巨细无遗地谈谈这一个月以来的经历；我保证值得一听。此外，请上眼看看这个。”

“什么，小伙子！二十万英镑的存单？是你的？”

"是我的。三十天里，我慎重地运用了您赐予的这笔小小的贷款挣来的。这笔贷款的唯一用项是买一些零七八碎的东西，然后递给人家找零钱。"

"哎呀，太惊人了！不可思议啊，小伙子！"

"没关系，我来证明这招好使。别以为我的话毫无根据。"

但是，现在轮到波西亚大吃一惊了。她一双妙目睁得好大，说："亨利，这真是你的钱吗？你一直没说实话？"

"确实，亲爱的。不过我知道你会原谅我的。"

她噘起嘴巴，说：

"别那么有把握哦。居然瞒着我，你不老实！"

"哦，这不算事，甜心儿，这不算事。你明白，只是想开个玩笑。好啦，我们继续说。"

"不过，且慢，且慢！记得吧，还有那个职位的事。我愿意给你一个职位。"赌我赢的那位先生说。

"好吧，"我说，"真是感激不尽，不过我确实不再渴望那份工作了。"

"可是，你能要到我职权所及最顶尖的职位。"

"再次感谢您的盛情，对此我铭感五内。但是即便是顶尖的职位我也不想要了。"

"亨利，你真让我脸上无光。对这位好心的先生你连起码的谢意都没表达出来。我可否替你表达谢意？"

"亲爱的，如果你能表示出更深刻的谢意，当然可以。瞧你的了。"

她迈步走向赌了我能活下来的那位先生，站在他两腿之间，手臂搂住他的脖子，直接亲上了他的嘴唇。两位老先生哈哈大笑起来，我傻眼了，你也许会说我当时惊得化作了石像。波西亚说："爸爸，他说您的职权范围内没有他想要的职位，我觉得好伤心，好像——”

“亲爱的，他是你爸爸？”

“是啊，是我的继父，也是有史以来最疼人的爸爸。在公使府上你因为不知道我的家世，还告诉我爸爸和阿贝尔伯伯给你惹来多少麻烦和忧愁，现在你明白我当时为什么居然笑得出来了吧？”

我自然是直来直往，不再斗心眼儿了；我直奔主题说道：

“噢，最最亲爱的先生，刚才说的话不算。您确实有个职位我想应聘。”

“说说是什么职位？”

“女婿。”

“你啊，你啊，你啊！要知道，如果你从未就任这个职务，当然就无法满足约定的条款里所提到的擅长，那么——”

“考验考验我吧——噢，求求您，考验考验我吧！考验个三四十年就够啦，如果——”

“哈哈，好吧，就这样；你所求也不算过分，带着她走吧。”

你问我们俩高兴不高兴？哪怕是在没有删节的足本字典里也找不到合适的词句足以形容我们俩的心情。又过了一两天，当伦敦人知道了我怀揣着那张巨额钞票在这个月里的一番奇遇之后，伦敦人是不是又口沫横飞地开了一通心呢？没错。

波西亚的爸爸把那张热情好客的大钞票送回了英格兰银行，兑换成现款；银行随后注销了这张钞票，并把它当作礼物送给了他，而后在我们的婚礼上又被当作礼物送给了我们，从此之后，就镶嵌在镜框里，悬挂在我们家最神圣的位置上。因为是它带来了我的波西亚。要不是有它在，我怎么能留在伦敦，怎么会出现在公使府上，那就永远没有机会与她邂逅。因此，我总是说：“对，您没看错，这就是那张百万英镑的大钞；这张钞票平生就做过一次交易，后来我只用了一成左右的价格把真品买下来了。”

我第一次撒谎又是如何改邪归正的

照我理解，你们想知道的就是“我第一次撒的是什么谎，还有又是怎么改邪归正的”的那点儿事儿。我生于一八三五年，身体一直不错，可记性不如以前那么好了。要是你们问我第一句真话是什么，那就好回答得多，问那个问题证明你们的心眼儿好，因为那句话我记得别提多清楚了，就像上礼拜的事一样记忆犹新。家里人觉着就是上周的事，可这就是捧我了，可能背后有点儿私心吧。一个人到了饱经风霜的年纪，到了六十四岁高龄的时候，那该是解事年龄[①]了，肯定还跟以前一样爱听家里人的美言，但绝不可能跟早先那天真无知的时代一样因为别人的好话昏了脑。

我记不得第一句谎话是怎么说的了，那是老早以前的事了。可第二句谎话我记得蛮清楚的。那时候我刚出生，我发现要是有别针扎到我，而我用常规的方式大肆宣扬的话，人家就会极其亲昵地爱抚我、照顾我、怜惜我，还能在两餐之间额外加点儿吃的。想得到这些好处是人之天性，于是我堕落了。我假装有别针扎我撒了谎——没有别针的时候我也大叫大嚷。你肯定干

① 英国法律中负刑事责任的年龄为14岁。

过，乔治·华盛顿就这么干过，大家肯定都干过。我前半生中从没听说哪个婴儿能摆脱这种诱惑，根本没说过这种谎话的。一直到一八七六年，这以前出生并且受过教育的小孩都是说谎的骗子——包括乔治。安全别针出现之后，这种游戏戛然而止。可这种技术革新有什么意义呀？没有。因为这种革新只是强制推行的革新，一点儿价值都没有，仅仅扼制了别针谎言，可没损害撒谎战术的一根汗毛。那就等于用烈火和刀剑威逼着对摇篮进行改装，或是在禁酒令颁布时期强制遵守戒酒原则一样。

回过头来再说原先那句谎话吧。人们没找到别针，就意识到又有个谎言填到《世界谎言大全》里来了。承蒙一线灵感的惠顾，人们终于想到一桩极为平凡但很少有人注意到的事——那就是几乎所有欺骗都是行为，语言跟它没一点儿关系。那么，要是再进一步研究研究，人们就会认识到，所有人从襁褓时代起就开始撒谎了，无一例外，而且早晨一醒来他们就开始撒谎，坚持不懈，不用休息、不用提神，直到夜里睡下才停止。但凡人们想到这件事肯定心里难过——确实是这样，要是有书本、有老师不经心不留意地告诉过大家的话多好，因为面对一条永恒法则，一个人是无计可施的，他干吗难过个没完呢？这条法则不是他创造的，他只能服从，一动不动，只能加入这个全人类的阴谋，坚持不懈，最后连那些同谋都会被他蒙蔽，以为他根本不知道有这么条法则的存在呢。大家都是这样——人人都知道。我现在说的是无声的谎言，就是一个字都不讲，大家都是这样——人人都知道。这句谎言是世上最冠冕堂皇的谎言之中的一句，在它巨大的势力范围之内，人类文明无不令人敬仰地、忧心忡忡地卫护、关注、大肆宣扬它的庄严。

比如说：一个有慈悲心肠、聪明头脑的人不可能为奴隶制度创造个合乎理性的借口来。可你们记得吧，在北部解放奴隶运动的早期，人们只肯给予运动的倡导者们微不足道的一丁点儿帮助与鼓励。尽管他们会争辩、讨好或者乞求别人，还是没法打破当时全国上下一般无二的沉寂状态。从牧师、报界算起，一直到社会最底层的人——无声谎言所创造、所保持的冷淡的沉寂状态。对那种无言的谎言，具有慈悲心肠和聪明头脑的人可没什么兴趣。

德雷福斯[①]案件从头到尾的整个过程中，法国上下除了二十几名卫道士以外，都盲目相信那个无声谎言的障眼法，就是绝对没有对一名惨遭迫害、其实无辜的人做什么不合理的事。类似的障眼法最近在英国也施展过，全国一多半人都假装不知道张伯伦先生[②]正打算在南非挑动战争，而且乐于为那些战争必需品付出惊人的大价钱。

算到现在，文明世界里出色而且醒目的无声谎言，我们就有三个例子了。这三个国家里还能找出别的例子吗？我想可以。可能，也不算太多，就算有十亿个吧，免得说得太过分。那些国家是不是夜以继日、花样繁多、成千上万、从不休止地运用着那种类型的谎言呢？对，你们知道这是实情。那种普遍的无声谎言的伎俩在工作中始终是恶性难改，而且无处不在，它总是为一件蠢事或一个骗局服务，却从没为哪件美好或可敬的事物谋利。它能不能算是所有谎言中最怯懦、最下流的呀？看起来似乎是这么回事。多少多少年以来它一直哑口无言地为专制政治、为贵族，还为奴役制度、军事奴役、宗教奴役辛勤劳作，让这些制度得以延续。让它们保存下来，还到处都是，遍布整个地球；还要坚持不懈地把这些事物一直保存下去，直到无声谎言退休不干为止——

① 阿尔弗列·德雷福斯：法国炮兵军官。1894 年被诬通敌下狱，举国愤怒，经过十余年反复斗争，终于在 1906 年平反昭雪。

② 亚瑟·内维尔·张伯伦（1869—1940）：英国政治家，1937 年至 1940 年任首相。

那句无声的谎言就是指：具有公平心和智慧头脑的人知道后就要恪尽职守地努力阻止的那种事从未发生过。

我悟到的是：当所有种族和全人类都阴谋为专制统治和骗局大肆宣扬、撒弥天大谎的时候，我们又何必介意个别人撒的微不足道的小谎呢？我们为什么就该把只讲实话就是美德的道理晓谕天下呢？我们为什么要用那种方式自我愚弄呢？我们为什么就该毫无愧色地帮着整个国家撒谎，轮到自己的事上小小地撒一点儿谎也满心羞愧呢？我们为什么不能诚实些、体面些，但凡有机会就撒个谎呢？也就是说，我们为什么就不能始终如一，或者无时无刻地撒谎，或者一句不说呢？我们为什么非得一整天都帮着国家撒谎，上床睡觉时只因为自个儿为了私事小小地撒了个谎就偏偏要自责呢？只不过拿它提提神嘛，我是指拿它去去嘴里那股油脂变质后的哈喇味儿。

在英国那儿的人说谎的方式最古怪。他们从不用嘴说谎——怎么劝都白搭。我是指除了出于道德需要的重大事件，比如说为了政治或者宗教吧。对他们来说用嘴说谎从中谋取个人利益也是绝不可能的，哪怕是谋求最微不足道的好处。他们有时候让我自惭形秽，他们是那么执迷。他们甚至不会为了取乐而说谎。对人没有丝毫伤害或有益处的谎话，他们绝对不说。尽管这是有原因的，他们的原则性对我还是有点儿约束力，只是我一直疏于锻炼。

当然，他们说了各种各样不用嘴说的小谎话，就跟别人一样。可除非有谁提醒他们，他们自己是意识不到这个的。我算服了他们，以至有时候我都不敢出口成谎，除非变换形式，可哪怕变换了的形式他们还是不欣赏。再者，那是尽我所能为了促进两国间友好关系而说的谎。我必须保持某种自尊——还有健康。我能靠少量食品维持生命，但是如果连一口吃食都没有让我怎么活。

当然，也有些情况下这些人只得口吐谎言，因为撒谎的事每个人隔一段时间都会碰巧赶上一次，即便天使们降临到这儿也会碰巧说上一回的。事实上，天使们尤其会碰到，因为我说的那些谎话都是要牺牲自我的，说来是以助人为目的的，可不是自私自利。可哪怕开口说这种类型的谎言时，似乎也让这些人惊恐不安，心神不定。看起来真棒，表明他们精神完全错乱了。事实上，这个国家充满了极为有趣的迷信思想。

我有个英国朋友，我俩感情已经持续了二十五年之久，昨天我们乘公共汽车到市中心去的时候，我坐在顶层座位上告诉他一个谎言——当然，是加以润色过的，半“纯种”，半“混种”。现在我似乎说不出别的样子来，因为谎话市场那么不景气。那时候我正跟他解说去年自己是如何、如何在奥地利甩掉一件尴尬事的。要不是我刚巧想起来告诉警方，我和威尔士亲王同属于一个大家族的话，还不知道自己会有什么遭遇呢。我一说完就雨过天晴了，他们把我放走了。他们还道了歉，还那么热心、恳切又有礼貌，为我做的多得不能再多了，还解释这次错误是如何造成的，还许诺要吊死犯错的那名军官，还希望我捐弃前嫌、既往不咎，希望我别把这件事说出去，我担保不会。我的朋友严肃地说：“你把这事叫加以润色的谎言？可润色在什么地方？”

我解说道：“在我对警方说的话里。我没说我是皇家成员，我只说我和亲王同是一个大家庭的成员——当然，指的是人类大家庭，那些人稍有点儿头脑的话就该明白这一点。我可不能到处给警方的人装上大脑，没人指望我这么干。”

“那一次遭遇之后你觉得怎么样？”

“唔，我当然很沮丧警方曲解了我的意思，可是既然我根本没撒过什么谎，就没必要通宵达旦地为这句话担心。”

我的朋友辗转思考了好几分钟，翻来覆去地核算。而后他说以他看来，那点儿润色本身就是谎言，是一句对事实作解释的误导，因此我不只说了一句谎话，而是说了两句。

“我就不会这么干，”他说，“我从没说过一句谎话，干这种事我会感到非常内疚。”

就在那时他扬起礼帽朝一位乘双座马车路过的先生满脸堆笑，那笑容出其不意，但是赏心悦目。

“那人是谁，先儿[①]？”

“我不认识。”

“那你干吗这么做？”

“因为我猜想他觉得自己认识我，而且正等着同我打招呼呢。我要是不这么做他就会受到伤害。我不想当着满街人的面让他下不来台。”

“噢，你心眼儿是不错，先儿，你举止很恰当。你的做法热情、周到又美妙，我自个儿也会这么做，可这就是个谎言。”

“谎言？我一个字也没说。你是怎么瞧出来的？”

“我清楚你没说话，没出声，只是按常规跟他热情洋溢地打手势说‘哈罗！进城啦？真高兴遇见你，老伙计；什么时候回去呀？’隐蔽在你的动作里面的就是你称作‘对事实作解释的误导语句’——事实上你从没见过他。你与他偶遇时表达了愉快的感情——一句谎言；你又作了那个声明——又一句谎言。是我那两句话的翻版而已。可你别为这个烦心——大家都这样。”

两小时以后，吃饭的时候，我们又讨论起许多别的事，他告诉我有一次如何恰好在关键时刻、紧要关头帮了一家人的大忙，那家人是他的老朋友。一家之主突然去世，死的地方很不体面。如果让人知道了，就会让无辜的家人都伤透了心，还会让他们背上无法忍受的耻辱的包袱。唯有撒一个弥天大谎才能帮他们摆脱

① 原文此处应为“先生”，然而原文中只用一个字母代替，故转译为口语中“生”字隐去，化为儿化音。

窘境，而后他心里准备好了，把它讲了出来。

“那家人从没发觉吗，先儿？”

“从来没有。这么多年以来他们从没疑心过。他们一直以他为荣，而且一直有理由为他骄傲。他们到现在还以他为荣呢，对他们来说有关他的记忆是神圣不可侵犯的，是无瑕而美丽的。”

“他们九死一生啊，先儿……”

“的确是这样。”

“要是第二个人碰上这事，都有可能昧着良心无耻地把真相卖出去讹钱。你一生有一百万次都说的是真情，先儿，可那一句金子般的谎言抵得过所有真话。挺住啊。”

有人可能会觉得我在道德方面的要求不够严格，可那种情形下几乎无法守住道德规范。许多种撒谎我都不赞成。我不喜欢伤人的谎言，除非伤害的是别的什么人；我也不喜欢虚张声势吓唬人的谎话，也不喜欢使人欣喜若狂、精神沉醉的谎话：后一种是受布赖恩特的影响，前一种是受卡莱尔的影响。

布赖恩特先生说："事实会掷地有声。"

我曾在十三届世界交易会上得过奖牌，可以自称并非毫无能力，可我从来不讲自己足有布赖恩特先生在画廊里扮演的角色那么伟大，我们都是这么干的。卡莱尔说，大体是这样——我记不住原话了："这一真理是永恒不朽的——谎言永远是站不住脚的。"

我对卡莱尔的书有种虔诚的狂热，把他那本《革命》都读过八遍了，所以我宁可认为他这么说的时候不完全是自己的想法。在我想来，很显然在冲动的一瞬间这句话脱口而出，那时候他正扔着碎砖头把美国人赶出他的后院吧。美国人过去常到那儿去顶礼膜拜。他心里可能其实乐在其中，不过总是隐藏住自己的欣喜。他为美国人留着碎砖头，可他扔得不准。而且他一开火，美国人就闪身避开，还把砖头运走，这一切都成为历史了。我们全国人民都喜欢圣物，但凡能有法儿弄到一点儿，谁还在意圣物会怎么想。我非常有把握，在他说那句关于谎言无法生存的大道理的时候，他兴奋过度了，忘记了一位美国人。这话是三十年前说的，可迄今还健在。这句话健在，健康，而且健全，很可能比任何史实都更长寿。卡莱尔心情平静时挺老实的，但要是给他足够的美国人和足够的碎砖头，他就能给自己弄块奖牌挂挂。

说起乔治·华盛顿说真话的那个年代，有句话必须说，这是当然。那是美国王冠上最璀璨的一颗明珠，而且就像米尔顿[①]在那首题为《最后一位吟游诗人的歌》的诗中讲的那样，我们当然应当挖掘出整个事件的价值。他说这句真话的时机恰到好处，是明智的选择，要是我本人碰到这种情况也肯定得这么说。不过我也就仅止于说出这么一句话而已。这句真话冠冕堂皇、高不可攀——仿佛一座高塔。我觉得倘若在如此一座高塔的旁边建一座十倍有余的高塔，分散对它崇高地位的注意力，那就大错特错了。我指的是他那句"不能撒谎"的话而言。我早该把这句话塞给海军陆战队，或者把它留给克莱尔，这话合他的风格。这话能在任何一届欧洲交易会上获得奖牌，而且要是这句话保存下来的话，哪怕在芝加哥也能取得荣誉提名。不过就让它去吧，他祖国的父亲很兴奋。那种场景我也见过，我记得起来。

对他讲的那句真话我提不出来什么反对意见，前边已经提过了。我认为这事不是预先策划好的，而是灵机一动。他有那么敏锐的军事头脑，很可能早就安排下，骗弟弟爱德华了结了那棵樱桃树，可他灵机一动，及时地看到一个良机就利用了这件事。讲实话会让他的父亲大吃一惊；父亲会告知邻居；邻居会四处传扬；这事就传扬得家喻户晓了。最终这事让他当成了总统，不仅

---

① 约翰·米尔顿（1608—1674）：英国诗人。

如此，还是第一届美国总统。他是个高瞻远瞩的孩子，应该能想得到这些。这样，在我看来他的所作所为是有正当理由的。但是另一座高塔可没有正当理由：那是个错误。那件事我到现在也不了解，根据印象我觉得也许不是错误吧。因为正是因为有了第二座高塔，第一座才站得住脚。如果他没说过“我不能撒谎”这句话，就没有什么可激动的了。那句话惊天动地，震撼全球。它是那种注定要千古流芳的宣言，跟它纠葛在一起的那桩事也因此有机会永垂不朽了。

总而言之，言而总之，我对事物本来的样子都挺满意。世人都对说出来的谎言怀有偏见，可对别的谎言却没有，我通过考察与数学运算，发现口头谎言和其他类型谎言的比率是 1 ： 22894。因此口头谎言根本不重要，不值得小题大做地谈论，还想让人相信这事挺重大的。那无声的国家级大谎话呢？它给一切暴政、一切骗局，一切让百姓饱受折磨的不平等、不公正作支柱和同盟——真该朝它扔砖头，好好教训教训。可是我们还是得慎重点儿，叫别人去干吧。

那后来——我跑题了。我是怎么摆脱第二个谎言的恶习的？我想我很荣幸放弃了它，可我没什么把握，因为时间太久了，有些细节已经从记忆中淡化了。我记得我让人翻转过身子横在某人的膝盖上，而后又发生了些什么事，可我记不清是什么事了。我记得当时有音乐声。可这些记忆如今都模糊不清了，随着时光流逝更加糊里糊涂的了，这可能只是老来之后的遐想吧。

误期的俄罗斯护照

一只苍蝇也是夏天。

——摘自笨头笨脑的韦尔森的日历

一

下午时分，在柏林城腓特烈斯特拉斯的一家绝妙的啤酒沙龙里，上百张圆桌边，男人们坐着吸着烟、品着酒；来往穿梭，到处走动的则是系着白围裙的侍者们，他们托着冒着泡沫的大杯、大杯的酒给喝酒的人们送过去。靠近正门的一张桌子边聚着六七个活泼的年轻小伙子——他们是美国学生——跟一位来访的耶鲁大学年轻人喝酒告别，送他上路，他在德意志的都城里已经待了好几天了。

“可你干吗半截儿把日程缩短呢，帕里什？”一个学生问道，“我真盼着自己也能有你这样的机会。你回家干什么呀？”

“对呀，”另一个说道，“想干什么事啊？你倒说说清楚，要知道，你的做法不太合乎常理。是思乡病吗？”

帕里什年轻的脸上腾起一团姑娘似的红晕，他稍稍犹豫了一下，还是坦白正是因为思乡情切。

“我以前从未离开过家，”他说，“在这每过一天我都觉得越发孤独几分。连续好几周一个朋友都看不见真是太可怕了。我倒是有心坚持完成旅行，好维护自尊心，可瞧瞧看，你们这些家伙把我彻底累垮了。以前我还把这里想象成天堂，可没有人陪的凄惨日子我是一天也过不下去了。要是有人陪——可又没有，你们都知道，所以光想也没用。我小时候人家都管我叫南茜小姐，估计现在我还是像个大姑娘，爱难为情，就是那些意思吧。我本该做个女孩！我受不了了，我要回家。”

男生们都好心好意地劝他振作精神，还说他犯了个错误。一个人补充说，最起码他该在回家前去瞧瞧圣彼得堡再走。

“不去了吧！”帕里什恳求着说，“那是我最渴望的梦想，可是现在我已经完全不想了。别再纠缠这个问题了，我好比水做的骨肉，经受不住别人一句劝。我可不能一个人走，我想我会死掉的。”他用手拍了拍胸前的口袋，补充说：“我这儿有样东西能保证我不改变主意，我买好了去巴黎的车票和卧铺车厢票，今天夜里就走。现在，喝啊——我请客——干杯——这次为回家干杯！”

再见的话说完了，留下阿尔弗雷德·帕里什一个人陷入沉思，他又是孤零零的一个人了。不过只过了不一会儿罢了，一位面容坚毅的中年人叫嚷着从邻桌走过来，他举止活泼，颇具商人风范，另外还有种决断和自信的气派表明他受过军事训练。那人坐到帕里什身旁，兴致盎然、充满真诚地跟他聊天。他的双眼、他的面庞、他的身躯、他说话的方式无不散发着热量。就好像他浑身充斥着蒸汽——那是发动机放空转的压力——人们几乎听得见他体内试水位的旋塞在吱吱唱歌了。他坦率地伸出一只手真心实意地跟帕里什握了握，用一种非常具有说服力的声音热心地为他“定罪”如下：“啊，可不许这样，你千万不能这样做，这是最严重的错误，从此往后你肯定会为此懊悔不已。听我一言，我求你，不要这么做——不要！”

那话的口气如此友好，又似乎如此真实，仿佛给这位年轻人沮丧的精神带来了某种激励。眼里的潮润泄露了他心底的秘密，在不知不觉中告诉对方自己大受感动，对那人很是感激。机灵的陌生人注意到他的情绪反应，心满意足，接下来根本不等对方开口就赶紧加强攻势、巩固效果。

“别，别这么干，那会是个错误。你们说的我全听见了——你会原谅我吧——我坐得太近了，根本没法听不见。想想你明明有心瞧瞧圣彼得堡，却把旅行行程缩短了，我真难过，而且圣彼得堡已经近在咫尺，几乎从这里就能瞧得见！再考虑一下——啊，你必须再考虑一下。距离圣彼得堡这么近——很快就能走到，路程很快就能结束——再想想那会是怎样难忘的一段记忆啊！”

接着他又替那座俄罗斯都城以及城内的奇观异景勾勒出一幅画卷，这让阿尔弗雷德·帕里什馋得直流口水、振作精神、充满期待。而后——“没说的，你得瞧瞧圣彼得堡——一定得瞧瞧！喂，那绝对是一场喜悦的经历——惊喜！我知道肯定是，因为我对那儿特别熟悉，不亚于我对在美国的出生地的熟悉程度。十年啦——我和这地方有十年交情啦。在那边无论问谁，人家都会告诉你这一点。他们全都认识我——我是梅杰·杰克逊。连那儿的狗都认识我。走啊，哦，你一定得去看看，你一定得去，真的。”

阿尔弗雷德·帕里什现在急切得都发起抖来。他这就想去，脸上的表情明明白白地表现出来，有如语言所能表达的一样清晰。而后——以前的阴影又笼上心头，他悲哀地说：“哦，不——不行，没用，我做不到。我在孤独中会死掉的。”

这位梅杰大吃一惊，说道：“什么——孤独！怎么会，我会跟你一块去哇！”

这真是出人意料的惊人话语，而且不太中听。事情变化得过于迅速了。是不是个陷阱呢？这个陌生人是不是个骗子？对一个徘徊中的不相识的小伙子哪来这些无偿的关心呢？然后他瞥了一眼梅杰那张坦诚迷人、喜气洋洋的面庞，心里羞愧透了，也不知怎么才好摆脱这番困窘而不伤害提议人的感情。可他在社交方面从来不能应付自如，于是在处理这件为难事的时候，笨嘴拙舌、信心不足。他过分地表现着一副无私的样子说："哦，不用，不用，您太客气了，我不能……我不能允许将您置于如此的不便，为我……"

"不便？一丝一毫也没有，我的孩子。我今天夜里怎么说也要去，我乘九点的快车离开此地。来吧！我们可以一起走。你一分钟也不必孤孤单单一个人待着了。来吧，跟我走——下命令吧！"

于是那个借口没有成功。现在怎么办呢？帕里什灰心丧气了，就他来说，似乎他那点儿可怜的创造力所能发明出来的托词没有一样能让他摆脱这些苦差事的。不过，不能就此妥协，于是他重整旗鼓，可还没编完新的借口，就觉得自己也看得出这回的借口还是没什么说服力："啊，最不幸的是命运与我相违，这样做是不可能的。瞧瞧这些。"——他掏出车票摊在桌面上。"我已经订好去巴黎的票，我没法把这些车票和行李通票换成去圣彼得堡的，当然喽，还得损失金钱；要是我能负担得起这些经济损失的话，我反倒情愿买了新车票以后手头儿短点呢——因为这是我身上带的所有现金了。"——然后他把一张五百马克的钞票铺在桌上。

一眨眼的工夫，那位梅杰抓起车票和行李票站起身，热情洋溢地说着："好啦！这就行了，一切都妥当了。他们会替我换车票和行李标签的，他们都认识我——大家都认识我。站在这地方别动，我马上回来。"而后他伸手去够钞票，补充说："我得带走它，因为可能买张新票得添一点儿钱。"——一分钟后他已经飞奔出大门了。

二

阿尔弗雷德·帕里什呆住了。一切都如此突然，如此突如其来，如此胆大妄为，如此难于理解，如此不可思议。他大张着嘴巴，舌头却不听使唤。他试着大叫“拦住他”，可他的肺里空荡荡的，没有空气。他想追上去，可双腿除了抖成一团之外什么也不肯做，而后两条腿瘫软下来，跌坐在椅子里。他的喉咙干巴巴的，惊愕地大口、大口地喘息着、吞着空气，头脑里一片混乱。他得怎么办？他不知道。不管怎么说，有件事似乎还是明白的——他必须振作起来，必须努力抓住那个人。那个人绝对不会把车票和钱带回来，可那种情况下他会不会把票扔掉呢？不会，他肯定得直奔火车站，半价卖给什么人，而且肯定是今天，因为根据德国的习惯，明天那些票就一文不值了。这些念头给了他希望和力量，他起身开始往外走。可他只走出两三步，就突然感到一阵恶心，趔趔趄趄又坐回到椅子上，内心因恐惧而虚弱不堪，他的举动引起了别人的注意——因为最后一轮啤酒是他请客的，还没付账呢，可他一个芬尼也没有了。他失去自由了——只有老天才知道要是他试图离开这里会发生些什么事。他性格羞怯，又受了惊吓，内心彻底崩溃了。而且他掌握的德语不够说明情况或是再请人帮忙和乞求恩典的。

众多思绪纷至沓来，他开始跟自己较劲儿。怎么能傻到这份儿上？这是着了什么魔，居然听从这样一个明显的骗子的摆布？侍者过来了！他用报纸把自己埋起来——浑身颤抖着。侍者擦肩而过，这让他简直感恩戴德。时钟的指针似乎凝止了，可他偏偏克制不住要看着它们。

十分钟逶迤而过。又是那个侍者！他再次隐蔽在报纸底下。侍者稍停了停——仿佛足有一个星期那么久——然后接着走过去。

又是不幸的十分钟——还是那名侍者，这次他来擦净桌面，干这点儿事似乎干了有一个月那么久，随后又停了两个月的光景才走开。

帕里什自觉再也受不了有人光顾了，他必须冒险一拼：他必须戴起铁手套投入战斗了，必须逃走。可那名侍者留在附近足有五分钟——似乎度过了月月年年，帕里什绝望地注视着他，岁月催人老的感觉渐渐向自己袭来，这时头发也变得花白了。

最后侍者漫无目的地走开了——在一张桌子边站下，收了张账单，又走开几步，又收起张账单，再走几步——帕里什的双眼始终铆在他身上，心怦怦地跳个不停，急切混合着期待，一呼一吸汇成细微的急喘。

侍者又停下来收账单，帕里什对自己说，就在此时否则再没机会了！于是他开始朝门那儿走。一步——两步——三——四——离门渐渐近了——五——双腿在颤抖——身后是不是还有敏捷的脚步声跟来了呢？——这个念头让他的心都缩成了一团——六步——七，他出来了！——八——九——十——十一——十二——确实有追赶的脚步声——他转过街角，抬脚狂奔——一只沉重的大手拍在他肩头上，于是他浑身的劲儿都一泄如注了。

正是那位梅杰。他一句话没问，也没表示出任何惊讶，他用自己特有的轻松活泼又令人兴奋的语调说道：“那些该死的耽误了我的时间，为此我才出去那么久。票房来了个新人，他还不认得我，不肯替我换票，因为这不合规定。因此我只得找着我的老朋友，一个大人物——是车站站长，你知道——咳，过来，出租马车！出租马车！——跳上来，帕里什！——俄国领事馆，司机，让马飞起来吧！——就这样，像我说的，那挺费功夫的。可现在全妥了，事事都办得很圆满。你的行李重新称过重量，重新检验过，票价和卧铺号都换过了，而且我已经为它弄好了一份文件放在我口袋里呢。还有我的钱——我会替你收着。嗬嗬，马夫，叫马醒着点，别让它们睡着了！”

出租马车跑得离那家被他赖了账没付钱的啤酒馆越来越远，可怜的帕里什一直想插嘴说句话，终于他找着了机会插句话，说想立即回去把那张小小的账单结算掉。

“哦，不用操心那个，”那位梅杰语气温和地说，“没关系，他们认识我，人们个个认识我——下次我到柏林的时候去摆平好了——把马赶着往前走啊，马夫，赶着走啊——现在剩下多少时间了？”

他们抵达俄罗斯领事馆时，领事馆刚刚下班，他们赶快冲了进去。除了个小职员谁都不在。那位梅杰掏出名片摊在桌上，操着一口俄语说道：“哪，好吧，要是你能尽快为这位年轻人的护照签证，准签到彼得堡的……”

“不过，亲爱的先生，我无权签证，领事先生刚刚外出了。”

“去哪儿了？”

“到乡下去了，他的住处。”

“那他回来……”

“得到明天早上。”

“见鬼！哦，好吧，你瞧，我是梅杰·杰克逊——他认识我，人人都认识我。你自己签证好了。告诉他说是梅杰·杰克逊请你这么做的，那就全没事了。”

然而这事是绝对不合规矩的，特别地不合规矩；梅杰没法说服那名职员，听了这个主意他几乎要晕过去了。

“喂，那么我来告诉你怎么办，”那位梅杰说道，“这有邮票和手续费——早晨给护照签证，邮寄发出去。”

职员犹犹豫豫地说：“他——好吧，他可能会这么干，那就……”

“可能？他绝对会！他认识我——人人都认识我。”

“太好了，”职员说，“我去把你说的话全告诉他。”看来他很困惑，可多少有点儿被说服了；而后又羞答答地加上一句：“可是——可是——您知道您到了国境线后得二十四小时以内拿得出这份护照来，那儿不能供应二十四小时以上的膳宿。”

“谁会等着呀？我可用不着等，要是领事本人也明白，就知道我决不等待。”

职员一时间吓呆了，说道：“当然，先生，您不会希望护照会给寄到彼得堡吧？！”

“干吗不？”

“让护照的主人滞留在边境线上，就在二十五公里以外待着？在那些条件下，这份护照对他一点儿用都没有。”

“滞留——捣蛋鬼！谁说他要耽搁了？”

“哇，你知道，当然得耽搁，要是他到边境上没有护照就会拦住他的。”

“他们绝对不会！警察总长认识我——人人都认识我 。我会为这位年轻人负责。你直接把护照寄到彼得堡——欧洲大酒店，寄给梅杰·杰克逊，告诉领事别担心，我自个儿担下全部风险。”

职员迟疑了一下，而又试着提了条意见说：

“您必须牢记在心，先生，现在这项风险格外严重，新法令已经生效了。”

“什么法令？”

“到俄罗斯没有护照将被罚在西伯利亚待十年。”

“唔——他妈的！”这句话他是用英语说的，因为头脑在紧急状态下俄语只能靠边儿站，或者只能帮帮忙而已。他沉思了一会儿，而后又活泼起来，回过来又用俄语说：“哦，没关系——给它贴上圣彼得堡的标签，让它上路吧！我会解决。那儿他们都认识我——所有当权的人——所有的人。”

三

那位梅杰原来是个很可爱的旅伴，小帕里什叫他给迷住了。他的谈吐是阳光，是彩虹，照亮了周围世界，而且一直那么轻松愉快、兴致勃勃的；他满脑都是怎么跟人打交道的办法，还知道该怎么办事，什么时候干什么事，以及干这事的最佳途径。于是乎对那个年轻小伙子来说，这段漫长的旅途成了梦幻般的仙境漫步。而在思乡的那几个星期里，他形单影只，缺乏友情。终于，当两位旅行家接近国境线的时候，帕里什谈起护照的事，就像是回忆起什么事似的提起这个话题，又加上一句：“喂，想想看吧，我记得你好像没把我的护照从领事馆带出来。不过你还是带出来了，是吧？”

“没有，它正用信寄过来呢。”梅杰轻松自在地说。

“正——正用信——寄——过来！”小伙子大口喘着粗气说。于是他所听说过的有关不带护照到俄罗斯的游客的种种恐怖与不幸的遭遇都在那吓坏了的脑海中闪现出来，吓得他嘴唇都白了。“哦，梅杰——哦，我的天哪，我怎么办哪！你怎么能这么干哪？”

梅杰一只手安慰似的按在年轻人的肩头说：“现在别着急，孩子，一点儿也不用着急。我来照顾你，我绝不会让你受任何伤害的。警察总长认识我，我会跟他解释的，那就没关系了——你瞧着吧。现在别再给自己增加不自在了，一丝儿都不要——我能把事儿都摆平的，轻松得不当回事。”

阿尔弗雷德·帕里什颤抖着，内心感到猛地一沉，不过他还是尽可能隐藏起这份痛苦，并且像掏心窝似的对梅杰友好的爱抚与再三保证做出点儿反应来。

到了国境线上，他下了车，站在一大群人边上，焦急万分地等候；而那个梅杰则奋力挤过人群到前边好“跟警察总长解释一下”。那简直是一段漫长的痛苦等待，不过终于梅杰又出现了。他兴高采烈地说：“他妈的，是个新上任的警官，我不认识他！”

阿尔弗雷德一跤摔倒在一堆树干上，绝望地说：“哦，天哪，天哪，我早该知道是这样！”边说边朝地面上歪歪斜斜无助地倒了下去，幸好梅杰一把搂住他，让他坐在一只箱子上，又在他旁边坐下来，一只手臂搂着支持住他，跟他咬着耳朵小声说：“别着急，小伙子，别急——没关系的，你就信我的好了。副检查员跟条河鲱一样近视。我盯他看了好一会儿这才知道的。现在我来告诉你怎么办。我过去给我的护照盖章，然后我就在格子窗那边停住，隔着那些铁栏杆把我的护照塞给你，然后你就跟在人群后边把护照交上去，然后就把命运交给上帝和那条鲱鱼了。主要还是看那条鲱鱼的。你能顺利过关的——现在别揪心。”

“可是，哦，天哪，天哪，你的外貌跟我的不太相符……”

“哦，没关系——五十一岁跟十九岁的区别——对那条鲱鱼来说根本觉察不出来——别心烦！到头来就会没错的。”

十分钟以后阿尔弗雷德面色苍白，精神沮丧地一步一步蹒跚着走向排好的队列，可他成功地晃过了那条鲱鱼，于是快乐得像一条躲过了警察没上税的狗似的。

“我早就告诉你会这样，”梅杰兴致盎然地说，“我知道要是像个信神的小孩似的那么信仰上帝，而且不打算试图改良上帝的意志的话，一切到头来都会如意——一直是这样的。”

在国境线到彼得堡的路途中梅杰安排自己要改造他这位年轻朋友的生活，展开连环攻势，抻着他跳出沮丧的心情，让他重新体会生活是种愉快的经历，值得他活下去。这样一番努力之后，那年轻的小伙子兴高采烈地踏入了这座城市，向旅馆进军时也精神抖擞，他登记上自己的名字。可那名职员并没告诉他房间号码，而是探询地瞥了瞥他，等着。梅杰及时赶过来解围，他真诚地说道：“没问题——你认识我的——安排他住下吧，由我负责任。”职员面色严峻，摇了摇头。梅杰补充道：“没问题，护照二十四小时以内就能到——它正在邮寄途中呢。这是我的，他的就来了，很快就到。”

职员礼貌周全，对此全然不关心，不过态度满坚决的。他用英语说：“我很希望可以为你们安排留宿，梅杰，而且要是办得到我当然会安排，可我别无选择，必须要求他离开，我不能允许他在这座房子里，哪怕一小会儿也不成。”

帕里什摇摇欲坠，发出一声悲鸣。梅杰一把抓住他，用一条手臂扶住他，恳求职员说：“好啦，你认识我——每个人都认识我——只不过他在这儿待一晚上嘛，我发誓……”

职员摇摇头说道：“可是，梅杰，你是在坑害我呢，你是在让这座房子陷入危险呢。我——我痛恨干这种事，不过，我——我必须叫警察来。”

“等等，别这样。跟我来，孩子，别心烦。——到头来都会没事的。咳，过来，马车夫！跳进来，帕里什。去秘密警察总长官邸——把马放松开，车夫！走吧！嗖嗖，冲啊！现在我们出来了，别再让自己不舒服了。博斯罗夫斯基亲王认识我，跟我可熟了，很快他就会替我们把这件事摆平。”

他们飞快地穿过一条条装饰华丽的街道，来到那座官邸前，那房子已经灯火辉煌。可是才八点半。门岗说：“亲王刚刚要去吃晚餐，不可能接待任何人。”

“不过他会接待我的，”梅杰坚决地说道，递上自己的名片，“我是梅杰·杰克逊。把名片送进去，没问题。”

依照他的要求名片送进去了，梅杰与他的小流浪儿待在接待室里等了些时候。好半天之后才有人来叫他们进去，引他们到了一间豪华的私人办公室里，面见亲王。他的打扮极为奢侈高贵，眉头皱得像一团雷云①那么沉重。梅杰讲述了他的事，恳求能待上二十四小时等护照到来。

“哦，不成！”亲王用标准的英语答道，“我很惊诧你会干出如此不理智的事来，把一个家伙带到我国而不带护照，梅杰，我很是惊诧。喂，就是说他要在西伯利亚待上十年，这事毫无办法——逮捕他！支撑住他！”补上这么一句话是因为可怜的帕里什再次直奔地面而去呢。“来——快，把这个给他。嘿——再喝一口；白兰地就是管用，你没发觉吗，小伙子？现在觉得好点儿了吧，可怜的小家伙。在沙发上躺躺，你多蠢哪，梅杰，让他陷入这样可怕的困境。”

梅杰用他强壮的双臂抱住男孩，把他平放下来，在他的脑袋下面放了只靠垫，对着他的耳朵小声说：“尽你所能表现出病入膏肓的样子！拼上小命做做戏而已。你瞧，他动摇了，他在什么地方还藏着一颗善良的心呢，呻吟一声，然后说：‘哦，妈妈，妈妈’，就能把他打动，的的确确。”

不管怎么讲吧，从帕里什的个人感情来说他是要这么做来

---

① 雷云：天气现象专用名词，指产生雷电的云。

着，于是那些声响冲口而出，话语中带有超乎寻常、感人肺腑的诚挚情感，梅杰又低声耳语道：“棒极了！再叫一遍，伯恩哈特接不下这招。”

一则是因为梅杰的雄辩之才，一则是因为那个男孩情状可怜，他们的目的最终还是达到了，亲王撂下旗帜投降了，他说：“按你们的法子办吧，尽管真该狠狠教训教训你们。我实打实给足你们二十四个小时。要是到时候护照还没寄到，就别再跑到我这儿来了，就去西伯利亚吧，再别指望得到宽恕。”

就在梅杰和小伙子倾吐着感激之情的时候，亲王打铃叫进来两名士兵，他用本国语言吩咐他俩跟着这两个人一起走，而且在二十四小时以内对那名年轻一点儿的紧密监视，一丝儿轻忽也不成，要是到了限定时间，那个男孩还拿不出一份护照的话，就把他囚禁到彼得街和保罗街的地牢里，然后向他汇报。

两个倒霉蛋儿带着他们的卫兵到达旅馆，在他俩眼皮子底下进餐，然后一直待在帕里什的房间里，直到梅杰起身去睡觉。动身前梅杰给帕里什打了打气，振作一下精神，然后一名士兵就把自己和帕里什锁在屋里，另一名抖擞精神横挡在门外，而后不久就离开去睡了。

阿尔弗雷德·帕里什再也没法入睡了。一旦单独和那名庄严肃穆的士兵待在一起，四处万籁俱寂，他那点儿被人生生振作起来的精神又开始消磨减退了，他强自支撑起来的胆量泄了气，缩成一小团，和以前的胆量一样，而他那颗小小的不幸的心脏也干瘪得有如一颗无核的葡萄干一般。不到三十分钟，他就把所有最坏的可能性都想了一遍。他悲痛欲绝，哀怨惊恐，情绪低落得不能再低了。床呢？床可不是为像他这种惨状的人设置的。床不是为那些遭厄运、打败仗的人设置的。睡觉呢？他又不是犹太小孩，处于水深火热之中他睡不着！他只能在地上走来走去。其实不是只能走，而是必须走动。一个钟头连一个钟头，不停地来回走动，悲伤地流着泪，浑身颤抖着祈祷平安。

而后他心情沉重地安排自己的身后事，而且就如他现在的处境那样，准备面对命运的安排。他写了封信当作今生最后的诀别：“亲爱的妈妈——这一行行悲伤的语句送到您手上时，您的阿尔弗雷德已经不在人世了。不，还要糟糕，糟得多了！由于我个人的失误与愚蠢，我落到一个骗子手中，也许是个疯子。我不清楚他是哪一种人，只是无论哪一种情况下我都失踪了。有时候我认为他是个骗子，然而绝大多数时候我觉得他只不过是疯狂，因为他有一颗善良的好心肠，我知道他有，而且他似乎确实尽了一个人可能尽的最大努力；帮我摆脱要命的困境，都是他的举动才让我陷入绝境。

“几小时之内我就将跋涉在俄罗斯荒凉的雪野中，成为无名的游牧民族中的一员了。在皮鞭的驱赶下，开往西伯利亚去，那是一片神秘而悲惨的土地，一片为人们无限期遗忘的土地！我不会活着看到那片土地的。我心已碎，我会死掉的。把我的照片交给她，请她保留以纪念我，请她一直这样活下去，以便到了指定的时间，能与我相会在更为美好的世界，在那里既没有婚姻，也没有离婚，到那里不再有分离，痛苦永远不会来临。把我的黄狗送给阿奇·黑尔，另一条送给亨利·泰勒，我的法兰绒运动衣送给威尔弟弟，还有我钓鱼的家什和《圣经》。

“我已毫无希望。我无法逃出去，士兵们持枪守在那儿，眼睛始终不离我左右，只有眨眼除外，他再没别的动作了，仿佛死去了似的一动不动。我无法向他行贿，那个疯子拿着我的钱呢。我的信用卡在箱子里，可能再也来不了了——不会再来了，我知道的。哦，等着我的是什么呀！为我祝福吧，亲爱的妈妈，为您可怜的阿尔弗雷德祝福吧。不过祝福是没什么用的。”

四

清晨梅杰招呼阿尔弗雷德吃早点的时候，他走出房门，外表看起来骨瘦如柴、筋疲力尽。他们给卫兵送了吃喝，点燃了雪茄烟，梅杰信口开河说起来，在他口舌的神奇作用下，阿尔弗雷德渐渐又感激不尽地燃起了希望，多少开始高兴一点儿，而且几乎重新又振作起来。

可他不愿意离开这幢楼房。有西伯利亚的阴影阴沉沉地笼罩在头上，恐怖可怕，他欣赏景物的兴致都跑光了，而且他也忍受不了那番耻辱：自己参观街巷、画廊与教堂的时候，双肘边各守着一名卫兵，世人都会驻足观望，闲话评论——不成，他要待在屋里等候柏林的来信，等候他的命运。于是乎，梅杰全天都仗义豪侠地站在他屋里陪在他身边，一名士兵僵直地倚门而立，一动不动，肩头扛着滑膛步枪，另一名则倒在屋外的椅子里打瞌睡。一整天工夫，这位忠诚的老军人都在编造着一些战争中的奇闻怪事，描述一个个战役，滔滔不绝地讲述些爆炸性的秘闻逸事。那副精气神和果决刚毅真是没人能战胜的。他讲着这些好让那个吓坏了的学生娃保持生机，让他的脉搏继续跳动。漫长的一天即将结束了，这对朋友由两名士兵尾随着，走向宽敞的餐厅，坐下来。

"现在，这番悬念就快结束了。"可怜的阿尔弗雷德叹息着说。

就在这时，一对英国公民走过他们身边。其中一位讲："那么今天夜里我们收不到柏林来信了。"

帕里什的呼吸都开始停滞了。两位英国人在附近的一张桌子边落座，另一位说道："不，没那么糟糕。"帕里什的呼吸又缓和了些。“还有较晚些的电报新闻报道呢。那场事故的确会大大阻碍火车前进，可也不过如此了。今天夜里火车会误点三个小时到达。”

这次帕里什没有跌到地板上去，因为梅杰及时跳过去扶住了他。他一直在听着，而且预料到会发生些什么。他拍打着帕里什的后背，把他从椅子里抱出来，兴高采烈地说：“好啦，孩子，振作起来，绝对没有什么事让你担心了。我知道有条出路。讨厌的护照！要是它愿意的话就随它慢条斯理走上一个礼拜吧，我们可以不用它了。”

帕里什难受得要命，没听到他的话，希望已远去，西伯利亚就在前头。让梅杰架着他拖着灌了铅一般沉重的双腿挪动脚步，梅杰扶他朝美国公使馆走去，一路安慰他，担保在他的介绍下公使大人会毫不迟疑，马上送他一份新护照的。

“我把那张名片一直带在袖子里，”他说道，“公使大人认识我——对我十分熟悉——我们在考尔德港一起和别的伤员们住在同一间屋子里，过了好久好久。打那以后我们就成了好朋友，是精神上的交往，尽管我们并没太多直接接触。振作起来，小家伙，事情看起来都很绝妙！多幸运哪！我觉得自己像个天使一样趾高气扬。我们到了，我们的麻烦也到头了！要是说我们确实有过麻烦的话。”

在那儿，门的侧面并排位置上挂着所有时代中最富有、最自由、最强大的合众国的商标：一块松木圆盖上有一只木制雄鹰展翅欲飞，它的头与肩膀围绕在群星当中，指爪间满是旧日战争的遗迹。一眼望见这块牌子，阿尔弗雷德热泪盈眶，对祖国的自豪之情在心中油然而生，在他胸膛里欢呼万岁的声浪汹涌澎湃。于是他所有的恐惧与痛苦都一扫而光了，因为到了这，他就安全了，安全了！世上再没哪种力量胆敢跨过这道门槛把魔爪伸向他！

为节省起见，这座全欧洲最强大的美国公使馆在九楼占了一间半房子，那时候第十层让别人占了，公使馆包括一位公使或称大使，拿的是司阍员的薪水，一名公使秘书，他以卖手表和修补陶器为生，一名雇来做翻译和日常杂活的小姑娘，还有一些美国班机的照片，一张现任总统的彩色石印版画像，一张桌子，三把椅子，煤油灯，一只猫，一架时钟，还有一只写着箴言“上帝吾所信”的痰盂。

一行人爬到楼上，卫士们跟在他们身后。一位男士坐在桌前正用一只钉子往包装纸上写着些官方的东西。他站起身转脸四处看了看，猫爬下来缩到桌底下，雇来的姑娘挤进伏特加酒壶边的墙角去腾空地儿；两个士兵则背靠墙根与她并排挤在一处，肩膀上还扛着滑膛步枪。阿尔弗雷德由于幸福感与获救感而容光焕发。梅杰与那位长官热情诚挚地握着手，喋喋不休地以一种轻松流畅的语言方式介绍了他的情况，并且请求取得期待中的护照。

那位官员请客人们就座，而后说：“啊，我只不过是公使馆的秘书，您知道，当公使仍在俄罗斯土地上的时候，我可不愿发出一份护照。这大大超越我的职责了。”

“好吧，把他请来吧。”

秘书微微一笑，道：“说来容易做来难，他离开这儿正在旷野里的什么地方呢，他在度假。”

“我的——天哪！”梅杰骤然叫起来。

阿尔弗雷德呻吟着，脸上失去了血色，而支撑在衣服里的那具躯体已经开始崩溃了。秘书疑惑地问道：“怎么啦，你的上帝又怎么啦，梅杰？亲王给了你们二十四个小时。瞧瞧钟表，没关系，你们还剩半个小时呢。火车刚巧准时到达，护照就会按期到达的。”

“先生，来了消息！说火车会晚点三个小时！这孩子的生命和自由一分一秒地耗费着呢，而且只剩下三十分钟了！半小时以内他就跟一切永垂不朽的人一样死不复生了！老天在上，我们必须拿到护照！”

“哦，我快死了，我知道的！”小伙子恸哭起来，把脸埋进放在桌面上的双臂中。秘书迅速转变了态度，他的温和平静一扫而空，脸上、眼中燃起兴奋的火焰，他叫道：“整个倒霉的情况我都明白了，可是，老天帮帮我，我能做些什么？你有什么建议没有？”

“喂，见鬼，给他一份护照呗！”

“不可能！完全不可能！你对他丝毫不了解，三天以前你连听都没听说过他，世上没有任何方式可以确定他的身份。他死定了，死定了——不可能救得了他！”

男孩又呻吟起来，抽泣着说，“天哪，天哪，这就是阿尔弗雷德·帕里什的末日啊！”

秘书的态度又有了一点儿改变。

在一阵不幸苦恼与无望之情的总爆发中，他猛然停住了口，他的态度平和下来，用一种漠不关心的口吻询问他，那声音就像是无话可谈的时候引入天气问题作话题的语气，问他说：“你是叫这个名字吗？”

年轻人抽泣着答了声“是的”。

“你从什么地方来？”

“布里奇港。”

秘书摇了摇头——再摇了摇——小声自言自语了一番。过了会儿又问：“生于该地吗？”

“不是，生在纽黑文。”

“啊——啊。”秘书瞥了梅杰一眼，对方注意听着，脸上一片茫然不知所云的神情。秘书暗示着说道：“万一士兵们渴了的话，那里还有些伏特加。”梅杰跳起来，为他们倒了酒，并接受了两人的谢意。提问接着进行。

“在纽黑文居住了多久？”

“直到十四岁，两年前回去进耶鲁上学。”

“你在当地居住时住在哪条街上？”

“在帕克街。”

模模糊糊、半懂不懂的光芒落入梅杰眼里，他探询地瞥了那个秘书一眼。秘书点点头，梅杰再倒些伏特加出来给那两个士兵。

“几号门牌？”

“根本没有门牌。”

男孩站起身，表情凄楚地对着秘书，那表情在说：“为什么在我已经够不幸的时候，你还要问这些愚蠢的问题呢？”

秘书毫不在意，继续盘问：“那是种什么样式的房子？”

“砖房——两层楼。”

“跟人行道平齐吗？”

“不是，前面有个小天井。”

“铁围墙？”

“不是，是篱笆墙。”

梅杰再次倒伏特加给那两名士兵——已然不经指示了——这次倒满了杯子。现在他的表情已经豁然开朗，充满了生机。

“一进门你看到了什么？”

“一间狭小的门厅，厅尽头有门，你右手边也有一扇门。”

“还有什么吗？”

“是帽架。”

“右手边的房间呢？”

“是会客室。”

“有地毯？”

“对。”

“哪种地毯？”

“老式花样的威尔顿机织地毯。”

“有图案？”

“是的——放鹰打猎的人群，骑马的。”

梅杰瞟了瞟时钟——只剩六分钟了！他举着酒壶四处观望，一边倒着酒一边瞥了秘书一眼，而后探询地瞥了一眼那架——时钟。秘书点点头。梅杰用身体挡住了时钟不让人看见，待了一会儿，而后把指针往回调了半小时，而后他又给那两个士兵添酒——两倍的酒量了。

“在门厅与帽架上方的房间呢？”

“是餐厅。”

“有温室吗？”

“有菜窖。”

“这座房子是你们自家的吗？”

“是的。”

“你们还拥有这幢房子吗？”

“不，我们搬到布里奇港的时候卖了。”

秘书稍停了停又说：“你在玩伴当中是不是有个绰号？”

年轻人苍白的双颊上慢慢地腾起红晕，他眼神往下一落。似乎他和自己的内心斗争了那么一小会儿或是两小会儿，然后忧郁地说道：“他们叫我南茜小姐。”

秘书沉思一会儿，而后又挖出另一个问题：

“餐厅里有什么装饰品吗？”

“啊，没——没有。”

“一点儿也没有？绝对什么也没有？”

“没有。”

“见鬼！那是不是有点儿奇怪？好好想想！”

年轻人想了又想，秘书等候着，心跳微微有些急促。终于那位超级流浪儿悲伤地抬起头来，摇了摇。

“想想——想想！”梅杰大叫着，焦急地挂念着他，又倒了些酒。

“说啊！”秘书说，“连张画也没有吗？”

“哦，当然有！可你说是装饰品。”

“啊！你父亲觉得那画怎么样？”

潮红再次腾起。男孩沉默不语。

“说啊！”秘书道。

“说啊！”梅杰大叫着，他的手颤抖着，倒出杯子外面的酒倒比倒进杯子里面的多。

“我——我不能告诉你他说了些什么。”男孩咕哝道。

“快！快！”秘书说道，“说出来，没时间耽搁了——是要家要自由，还是要西伯利亚要死亡，全看这个答案了。”

“哦，可怜可怜我！他是个职员，而且……”

“不要紧，说出来吧，要么……”

“他说那画是他做过的最可怕的噩梦！”

“成了！”秘书大叫起来，抓紧他的袖子和一张空白护照。“我能证明你的身份，我曾经在那幢房子里居住过，那幅画是我画的！”

“哦，到我怀里来，我可怜的孩子，你得救了！”梅杰哭叫着，“我们将永远感谢上帝创造了这位艺术家！——要是他的确创造过的话。”

两则小故事

给总监带信的人

几天前，1900年2月份的一天下午，一个朋友从伦敦给我打通了电话。男人们到了这个年纪通常是吸着烟在闲侃中消磨时光，谈的话题多不是生活中愉快的经历，反而大多聊的是日子越来越不如以前。谈着谈着，这个朋友开始骂起陆军部来了。从话里听得出来他有位朋友发明了一件什么东西，这东西能对南非的士兵们大有好处。那是种轻便、耐久、物美价廉的靴子，能在潮湿气候中保持干燥，还能保持原有形状，结实耐用。发明人想引起政府部门的注意，可作为一个籍籍无名的小辈，他也知道大军官们不可能关注他写的信。

“这就说明他是个笨蛋——跟我们这些人没两样，”我打断他的话说道，“接着说。”

“为什么要这么说？他讲的没错。”

“他撒谎。接着说。”

“我能证明他……”

“碰上这种事你什么也证明不了。我活了这么久什么都明白，别跟我争辩，太无礼了。接着说吧。”

“好吧。不过你知道，我可不是什么无名之辈，可即便是我也没法把他的信带给皮革制鞋部的总监。”

“又是句谎话。请接着说。”

“我以自己的名誉发誓，我做不到。”

“哦，当然。不用说我也知道。”

“那你有什么根据说我撒谎呢？”

“你提到自己没法让总监立即关注他的信。这就是说谎，你本来做得到。”

“告诉你我办不到。三个月来这件事儿我一直没办好。”

“当然，理所当然。你不告诉我，我也知道。要是你一开始就用一种合理的方式大干一场的话，他早就注意到了。”

“我用的就是合理的方式。”

“你没有。”

“你怎么知道我没有？这事的情况你又了解多少？”

“一无所知。可最开始你并没找到合理的措施，这一点我绝对有把握。”

“你怎么能知道？你连我用的什么法子都不清楚啊！”

“只看结果我就知道了，结果就是最好的证据。你开头用的是蠢法子。我活了这么久什么都明白……”

“哦，对，我知道。可你能不能让我讲讲自己是怎么处理的？我想听完你就能明白我的法子是不是愚蠢了。”

“不用，那是明摆着的。不过接着说吧，既然你那么期望自暴其丑就讲吧。我活了这么久……”

“没错，当然。我坐下给皮革制鞋部的总监写了封礼貌周到的信，解……”

“你认识这个人吗？”

“不认识。”

“你替我方进球一个。你开场就不合情理。接着说。”

“我在信里非常清晰地介绍：这一发明具有巨大的价值，而且费用低廉，还提出……”

“要打电话并且亲自拜见？你肯定这么写。我方领先两个球。我活了……”

“过了三天他都没作答复。”

“必然如此。接着说。”

“之后他寄来一封措辞生硬的短信，只有三行字，对我费心表示谢意，而后就……”

“而后就没有下文了。”

“是这样——没有下文了。再之后我煞费苦心地写了第二封信，还……”

“进球三个……”

“……还是没有回音。周末，我又写了封信，这回我的措辞有点无礼，并且要求他回信答复。”

“四个球。接着说。”

“来了封回信说那封信没收到，要求寄份复件。我通过邮局追查信的下落，发现早就收到了。可我还是寄出了复件，什么也没说。两个星期过去了，毫无进展。这段时间里我逐渐冷静下来，能够礼貌地给人写信了。而后我写信建议第二天和他面谈，并且说要是在这段时间内我没收到回信，就会把他的沉默视作默许。”

“五个球。”

“十二点整我到了那儿，有人在接待室里给了我一把椅子，告诉我等着。我一直等到一点半，然后我就满怀屈辱和愤怒地走了。我又等了一个星期，让自己冷静下来，而后写信又约定第二天中午会面。”

“六个球。”

“他回信了，表示同意。我准时到达，把那把椅子坐得热乎乎的直到两点半。然后我走了，把那地方的灰从我鞋子上永远地抖落下来。由于那个皮革制鞋部的总监疏于礼貌、不讲效率、缺乏能力，对军方利益漠不关心，在我看来，他就是……”

“别吵！我活得太久什么都明白，也见过许多貌似聪明的人，这些人根本不具备理性的常识，像这么一件轻松简单的小事也不会用常识处理。对我来说这件事可不算新鲜事，我认得成百万、上千万，甚至成十亿、上百亿你这样的人。你毫无必要地损失了三个月时间，再加上发明人损失的三个月，士兵们损失的三个月——总计九个月。现在我给你念一则小故事，昨天夜里写的。然后明天中午你打电话给那位总监，把你的事办了。”

“太棒了！你认识他？”

“不认识，先听听这段故事再说。”

扫烟囱的孩子是如何上达天听的

1

夏季来临了，所有身强力壮的人都被酷暑的负担压弯了腰，许多体弱的人筋疲力尽，半死不活的。几周以来，部队里的人都染上了一种叫痢疾的传染病，不断消瘦下去，士兵们大祸临头，却没办法治好。大夫们束手无策。以前他们的药品和医术就只能到这种水平——（而且病情还没到最厉害的时候呢）——以前他们没辙儿，保证以后还这样。

皇帝为此极为烦恼，下令召见最负盛名的内科医生开个协商会。他对这些名医的态度非常严峻，指责他们听任士兵死去，要为此负责任。还问他们到底知道不知道自己的职责所在，问他们究竟是来治病的，还是来杀人的。于是首席杀人犯——也就是当地年纪最大的医生，他从外表看来也仿佛是最值得尊重似的——回答说：“我们已经尽力而为了，陛下，可不知什么缘故我们无能为力。没有什么药物，也没有哪位医生能治好那种病，只能靠病人本身的生命力和身体素质。我已经老了，我了解这一点。没有一位医生，没有一种药能治好它——我再说一遍，我强调这一点。有时候医生、药物似乎能帮上点儿忙——很少一点儿罢了——不过毫无例外，只能起破坏作用。”

皇帝是个外行，性格又冲动，他说了一大堆刺耳的脏话咒骂医生们，还把他们轰了出去。

就在这一天他自己也染上了这种致命的恶疾，消息像插上了翅膀似的一传十、十传百，恐慌情绪一下子笼罩了整个王国。

所有谈话都围绕着这种疾病，大家都十分沮丧，因为没人有望幸免。皇帝自己也忧郁地叹息道：“这是上帝的意旨。再去请那些杀人犯来吧，让我们忘掉以前的事吧。”

他们来了，号了号他的脉搏，瞧了瞧他的舌苔，把存药取回来让他吃了个光，而后坐下来耐心等着结果——因为他们不是按劳计酬的，而是拿年薪的。

2

汤米十六岁了，是个聪明的小伙子，可他从没出入过社交界。他出身卑微，不足道哉，根本够不上进入社交界，而且他的工作也太低下了。其实那是最下贱的活计了，因为他听命于他爸爸，给他做助手。他爸爸是个淘粪工，晚上开卡车。汤米最亲密的伙伴是个叫吉米的扫烟囱的孩子，他瘦瘦小小的，只有十四岁，为人诚实，又勤劳肯干，心眼很好，靠这项既危险又烦人的活计养活着卧病在床的妈妈。

皇帝病倒之后大约过了一个月的样子，有天晚上九点左右，两个小伙子碰面了。汤米正赶路去上夜班，当然没穿着周日穿的好衣服，而是穿着他那向来讨厌的工作服，身上味道当然也好闻不了。吉米则走在下白班回家的路上，浑身黝黑，任何能联想到的东西都不及他黑，他把刷子扛在肩头，烟灰口袋吊在腰间，那张黑黝黝的脸上除了一双灵活的眼睛，其他五官一律认不出来。

他们在路边基石上坐下来聊天，当然聊的也是那个话题——这个国家的不幸，也就是皇帝的疾病。吉米心里酝酿着一套庞大的计划，急于揭示这套计划。他说：

“汤米，我能治好陛下的病，我知道怎么办。”

汤米惊呆了。

“什么！你？”

“对，是我。”

“喂，你这个小傻瓜，连最棒的医生都没有办法呢。”

“我不管，我能治，十五分钟我就能把他治好。”

“噢，别说了！你要告诉我些什么呀！”

“事实，——事实而已。”

吉米的态度那么认真，叫汤米也严肃起来，他说：

“我相信你不是开玩笑，吉米。你是认真的吧？”

“我发誓。”

“有什么计划？你怎么给他治病呢？”

“叫他吃一片熟透的西瓜。”

这个荒唐的主意如此突兀，汤米一下子高声大笑起来，根本来不及捂住笑声。可当他看到吉米受伤的表情，又严肃起来。他亲热地拍了拍吉米的膝盖，也不在乎那些烟灰，说道：

“我收回自己的取笑。我不是故意要伤害你，吉米，我再也不这么干了。你瞧，这主意瞧起来那么有意思，因为不管哪里只要有军营，有痢疾，医生就总是树块牌子，上面写着带西瓜进营地的人一旦被抓获就会用鞭子打得他直到爬不起来为止。”

“我知道这事——那些白痴！”吉米悲愤地说道，“西瓜有的是，足够，那些士兵没一个该死掉的。”

“可是，吉米，你脑子里怎么会冒出这么个主意的？”

“这不是个主意，这是真事儿。你认识那个灰头发的老祖鲁人吗？哎，算起来也有不少时候了，他治好了我们许多朋友，我妈妈亲眼瞧见过他这么治，我也瞧见过。只用一两片西瓜就够，而且不管是陈年的病根还是新染上的，都一样，都能治好。”

“太奇妙了。不过，吉米，要是这样，就该让皇帝知道这个法子。”

“当然啦，我妈妈告诉过别人，盼着他们能把这信儿带给皇帝，可他们都是穷苦老百姓，也没什么见识，不知道怎么才办得到。”

“他们当然办不到，那些傻瓜，”汤米藐视地讲道，“我会给他带信儿的。”

“你？你这么个夜里开卡车的臭鼬鼠！”这回轮到吉米大笑了。不过汤米不服输地回嘴说：

“噢，要是想笑你就笑吧，可我会办得到的！”

他的声音那么笃定，那么自信，很是触动人，吉米庄重地开口问道：“你认识皇帝吗？”

“我认识他吗？唉，你是怎么说话呢！我当然不认识。”

“那你怎么捎信呢？”

“非常简单，非常轻松。猜猜看，要是你，你怎么干，吉米？”

“给他寄封信。一分钟以前我才想出这个主意，可我打赌你肯定用的是这法子。”

汤米的嘲笑让吉米不知所措，汤米说：“那么，难道你想不到这个王国里所有的狂想家都在干着同样的工作？你是不是想说你从没想到过这个？”

“啊——没想到。”吉米脸红了，回答道。

“要不是你这么年轻又缺乏经验，有可能你早就想到了。哎，吉米，哪怕是一位普通将军，或是一位诗人，或是一位演员，或是任何一个稍微有点儿小名气的人病倒的时候，这座王国里的所有的狂想家都会一股脑寄信给他，信里附着骗钱的江湖疗法。这样的话，要是换成这位皇帝的时候能怎么样呢？”

“我猜这法子比较差劲。”吉米腼腆地讲。

“唉，我也这么看！瞧，吉米，每天夜里我都从皇宫后院装走整整六卡车那么多的那种信件，来信都扔在那等着拉出去。一晚上八万封信哪！你估计有人会看这些信吗？嘻，一封也没有。要是你写一封也会是这个结果——你不会这么干的，我猜，是吧？”

“不会。”吉米叹了口气，彻底服输了。

“不过没关系，吉米。别烦心，给猫剥皮总不会只有一种办法的。我会给他捎信的。”

“噢，要是你真行就太好了，汤米，我会永远爱你！”

“我告诉你，我能成。你别着急，全靠我好了。”

“我确实得靠你了，汤米，你懂的真多。你不像其他男孩：他们什么也不懂。怎么干你才办得到呢，汤米？”

汤米高兴极了。他坐好，泰然自若地讲道：

“你知道不知道有个破衣烂衫的可怜人？他总带只篮子四处逛来逛去卖猫肉和烂肝，他认为自己是个屠夫。那么，开头我就告诉他。”

吉米奇怪极了，懊恼得要命，说道：

“喂，汤米，这样说话就太没羞没臊了吧？你知道我心思全在这事儿上，这法子不对。”

汤米亲切地拍了拍他说：“别着急上火嘛，吉米。我可知道自己要怎么办，不一会儿你就能明白了。那位半职业屠夫会转告那个在巷拐角卖栗子的老太太——她是他最好的朋友了，我会要求他这么做的。然而，根据我的要求，她就会告诉她那个在前边两条街区拐角的地方开着一家小水果铺的有钱的姑姑，而那位就会告诉她的特殊朋友，那个开着一家游戏厅的男人，然后他就能告诉在警署做巡官的朋友，那巡官会告诉队长，队长会告诉地方治安推事，地方治安推事会告诉他姐夫，那位本县法官，本县法官会告诉县行政司法长官，县行政司法长官会告诉市长大人，市长大人会告诉议会议长，议长大人会告诉那……”

“圣乔治，没错，这计划太精彩了，汤米！你怎么想出来的……”

“海军少将，海军少将会告诉劝善剧丑角，丑角会告诉海军蓝勋上将，蓝勋会告诉红勋，红勋就会告诉白勋，白勋将军会告诉海军大臣，海军大臣会告诉下议院发言人，发言人就……”

“说呀，汤米，你快说到点子上了！”

“……就会告诉猎狐狗的驯狗人，驯狗人就会告诉御马厩的马夫头儿，马夫头儿就会告诉王室侍卫队长，侍卫队长就会告诉侍卫首席长官，首席长官大人会告诉礼宾大臣，礼宾大臣会告诉王室管理长官，王室管理长官会告诉给皇上扇扇子赶苍蝇的小听差，小听差会跪伏在皇上面前低声告诉陛下——于是游戏结束、大功告成！”

“我真要跳起来高呼两声万岁了，汤米，这可是世上最绝妙的主意啦，是什么把这主意塞到你脑子里去的？”

“坐下，听好，我送给你一点儿智慧——而且活多久就记多久，不能忘喽。喏，再下来，这世上谁是你最亲的朋友，那人无论要你做什么，你都不能也不会拒绝呢？”

“干吗，是你呗，汤米，你知道呀。”

“假设你想求那个卖猫肉的帮个大忙的话。可是，你不认识他，那他就会告诉你见鬼去吧，他就是那种人。然而除你以外他就是我最亲近的朋友了，但凡我要办的事哪怕跑断腿他也要帮忙——无论什么事，他都不在乎。那么，我来问你：哪个法子最合情合理呢——是你自己去请他把你的西瓜治疗法告诉给卖栗子的女人呢，还是让我去替你说好呢？”

“当然是请你替我去说好了。我从来也没想到过这样的主意，汤米，真是妙极了！”

“这就是哲学，你瞧。真是个妙不可言、铿锵有力的词——而且伟大。这件事的哲学是按这种思维进行的：世上每个人，无论是小人物还是大人物，都会有个与众不同的朋友，自己会乐于替他帮忙的朋友——替他干活不会觉得苦，只有觉得高兴——绝对高兴到骨子里去的。既是这样，不在乎他身份，你从哪开始干，你都能把话传到你想传到的那人耳朵里——我既不在乎你地位有多低，也不在乎他身份有多高。这就简单了：你只不过找到你的第一好友，就全齐了，你的活儿到这儿就完成了。他会自个儿去找到他的第二好友，那个人就会找到第三位，如此类推，一个朋友接一个朋友，一环套一环，像个锁链似的，而且你能顺链子或往上爬或往下走，多高随你便，多低也随你便。”

“漂亮，汤米。”

“轻松得跟一加二等于三似的，可你听说过有谁试过没有？没有，每个人都是傻瓜。不经旁人介绍就跑去见一个陌生人，或者写封信给人家，当然得叫人泼冷水了——而且这么对待他也绝对没错。嘿，皇上不认识我，那不要紧——明天他就会吃上西瓜了。你瞧着吧。嘿——嘿——站住！是那个卖猫肉的。再见，吉米；我得追上他。”

他还真追上了，说：“嘿，能帮我个忙吗？”

“能吗？喂，也许是能吧！我是你的人。说吧，你瞧我肯定飞着去办！”

“去告诉那个卖栗子的女人放下手里的活儿，把这个口信带给她最好最近的朋友，再告诉她的朋友继续传下去。”汤米口述了那条消息，然后说：“现在，嘿，冲！”

不过一分钟，扫烟囱的孩子给皇上带的信儿已经上路了。

3

第二天晚上，已近深夜，医生们聚在皇室病房里低声讨论着，他们都陷入了深深的苦恼，因为皇上病情严重已极。他们无法掩藏事实不让人知道，每次他们用光一种新药制剂，皇帝的病情都会加剧一分。这令他们非常沮丧，因为他们预料到会是这种后果。憔悴消瘦的可怜皇帝躺在那儿一动不动，眼睛闭着，他那个心爱的小听差正给他扇着扇子轰苍蝇，轻声地哭着。这时男孩听到丝绸门帘的沙沙作响声，回过头来瞧见王室最高管理长官从门那儿朝里偷看呢，还兴奋地冲他打着手势叫他过去。小听差踮着脚尖轻手轻脚地敏捷地走到他可亲可敬的长官朋友面前，长官说：“只有你能说服他了，孩子，还有哦，别搞糟了！拿着，让他吃下去，他就得救了。”

“放心交给我了，他会吃下去的！”

那是两大块红润润的新鲜西瓜。

第二天清晨消息四处传开了，皇上完全恢复了健康，还把医生们都吊死了。喜悦的浪潮横扫这片土地，人们做了疯狂的准备工作要证实这件事。

早饭过后，皇帝陛下坐下来陷入沉思。不消说他心怀感激，而且他打算赐给他的恩人一大笔钱，多得足够表明他对那人的感激之情。他心里盘算妥当了，叫来小听差，问他是不是自己发明的那种疗法。男孩说不是的——他从王室长官那儿知道的。

叫他离开后，皇帝又开始打算开了。长官是位伯爵，他要封他做公爵，再把属于在野党一个成员的一座大城堡封给他。他叫人把伯爵招来，问是不是他发明了那种疗法。可那长官是个老实人，他说是从掌礼大臣那儿知道的。他也被打发走了，皇帝又想了些事。掌礼大臣是位子爵，他将封他为伯爵，再给他一大笔收入。可是掌礼大臣又指出来个侍卫长官，于是想的事又多了些，陛下考虑少给点儿奖赏。可侍卫官又进一步指出别人，他只得坐下来进一步考虑一份恰如其分，再少一点儿的奖赏。

而后，为了结束这场没完没了的查询，赶快办完此事儿，他叫人招来侦探总长，命令他把这种疗法的事追查到底，这样他就能恰当地赏赐他的恩人了。

晚九点的时候，侦探总长带回了答案，他追查疗法的案子追查到一个叫吉米的小伙子，是个扫烟囱的孩子。皇帝深情地说：

“勇敢的孩子，他挽救了我的生命，他不会后悔这样做的！”

于是把自己的一双靴子送给那孩子，而且还是他的靴子里第二棒的呢。靴子对吉米来说太大了，可是合那祖鲁人的脚，那么一切全妥了，事事都还是应有的样子。

听完第一则故事，“到这儿——你明白没有？”

“只得承认我明白了。事情会如你讲的那样。明天我就办事儿去。我与总监最亲近的朋友过往甚密。他可以替我写张条子介绍给总监，写上一句我的事对政府具有重大意义。我会带上条子，不做什么预约，送条子进去就是，连同送去我的名片，而后我连半分钟都不必等。”

信件的事情最终结果果然如此，政府采用了这种靴子。

关于一出戏

一

我要提个建议。不过我会首先写篇文章做一下介绍。

我刚刚在维也纳的伯格剧院欣赏了一部演技精湛的话剧。我还不知道还有哪部戏剧能演得这么好。事实上，这部戏与通常定义的戏剧大相径庭，说它是“话剧”似乎不太确切。不过，无论它是什么吧，总之它都称得上是一首高雅伟丽的超自然派诗篇，令人深深沉醉。“令人深深沉醉”正是说的这部戏。因为观众们除了在每一幕结束的时候鼓掌外，全剧四小时零五分钟里，人们爆发出掌声的情况还不足三次，他们全都着迷地、寂静无声地坐在位子上——被深深陶醉了。这部话剧题为《巴尔米拉[①]的主宰者》。它已上演了长达二十年之久，可我恐怕你们连听都没听说过。剧作者名叫维尔布兰特，该剧是其成名作，他的名字将因此在德国文学界青史永存。这部剧只在柏林和维也纳的伯格剧院上演过。可不管什么时候，一旦上演，剧场就会座无虚席，连免费赠票也得停发。我认识一些人，他们至少欣赏过十次了，他们熟知绝大部分剧情内容，可他们百看不厌，还说只要有机会仍然愿意再去观看，迷醉在它的迷人魅力中。

① 叙利亚地名。

剧情中掺杂了宗教所说的灵魂转世的情节——这也是这部戏的魅力所在。该剧给我一种感觉，似乎是几段冥冥中若有关联的梦境画面在转换推进。背景是在罗马时代的巴尔米拉。全剧跨越了很长一段历史时间——我不清楚有多少年——在这段时间里女主角几次投胎转世：有四次她扮作年轻女子，年龄或大或小，还有一次扮作少年男子。第一幕中她叫佐薇——一个信仰基督教的姑娘，她从大马士革动身横穿沙漠，试图劝化巴尔米拉地区崇拜宙斯的异教徒们信仰基督教。在这一角色中，她是个全身心投入宗教事业的狂热教徒，渴望为之牺牲——她的确做到了。

许多年后她出现在第二幕中扮演菲比，一个来自罗马的体态优雅、面容姣好，却水性杨花的年轻女人，她满心里都惦记着炫耀，格外热爱这种奢华而快活的生活——她的外表高雅秀丽，为人轻浮愚蠢，性格反复无常，她是在暴雨中和阳光下共生的精灵，她是个被骄纵坏的孩子，然而很是迷人。

又隔了些年，她在第三幕中扮演佩尔西达，一个正当青春花季的母亲，有一个小女儿。这时她兼具前生两种性格：在全身心忠诚并服从宗教信仰方面她像佐薇；在性格轻浮、见识浅薄方面——连同服装上稍嫌浮华这一点——她又像菲比。

时光流逝，又是几年过去了，她在第四幕中扮演宁法斯，一个漂亮的男孩，兼具以往几个化身的迷人的混合型性格。

时光绵延不绝，多少年后所有这些性格特征都遗传到第五幕剧中人物塞诺维亚身上——她严肃认真、自尊自爱，她待人亲切，对受苦受难的充满同情，一旦心生怜悯，就时刻准备拔刀相助。

那位女演员已完全进入了所扮演的角色，这一点你很容易就会承认，她努力掌握这五个角色的细微区别，并把它们一一搬上舞台，令广大品味高雅、难以轻易取悦的观众大饱眼福。霍亨费尔斯女士把这众多性格都融入她自己的独特个性中，她的确有水平满足所有人物的要求。而后，你就会领悟到，这部令人深深沉醉的话剧中的关键所在了，那就是亲眼目睹这位技艺超群的艺术家将五种角色融为一体——在全剧四小时零五分钟的时间里各种性格发展变化，层层叠叠，脱离一个又转入另一个。

剧中穿插着许多稀奇有趣的人物。例如，剧中男主人公阿佩莱斯，他在第一幕里年轻英俊、生龙活虎，这个形象在台上虽然跨越了漫长的时间段却一直不变。还有一个人，在第一幕中他年纪尚轻，第二幕中华发初生，在第三幕中年已垂暮，并饱受病痛的折磨，到第四幕时，其他人都魂归地府了，唯有他一人年过九旬，或许是一百岁了，成了孤苦无助的盲老汉。这一点表明全剧跨越的时段约为七十多年。背景画面也随时光流逝而褪色——那是年华的衰朽，经历过一场战火之后更趋极致。在第二幕中那些华美的庙宇宫殿逐渐化作断壁残垣，庭柱横陈，它们腐烂发霉、杂草丛生，一片荒芜凄凉的景象；然而在一片废墟之中上一幕的原貌仍依稀可辨。逐渐苍老的人与日渐沧桑的背景画面在人们心底共同描绘了一幕时光长逝的幻影：正是时间令你自生自灭！离开剧院时你已经背负了一个世纪的重担。

另一个强烈的舞台效果在于：死神，独自一人在每一幕剧中到处游荡。据我的个人理解，唯有两个人能看见他——一个是他来此要带走的人，另一个就是阿佩莱斯。他衣着多种多样，然而和其他色彩比起来，他的服装色调总是黑色居多，因而总是显得阴沉而忧郁。同时这些服装总是给人以深刻印象，令人畏惧。他的面部表情一成不变，从头到尾保持原样——那是一种鬼魂一般的苍白色调。

他看起来那么真实，我的内心里非常欢迎这样的角色——这才是一位真正的死神，而非戏剧中假扮的角色。他举止庄严高雅，语音低沉，开口时总带着贵族般的尊严。无论何处，只要有寻欢作乐的嘈杂叫喊，有打斗、宴饮、玩笑、争吵，有华而不实的露天表演，有我们卑微短暂的生命中任何其他现象，那位一副僵尸面孔的黑衣人就会游荡其间。而后他看看那个注定要死的人，再继续游荡，把垂死的人留在那里浑身战栗，备受折磨。而且他的驾临似乎总是给那群大惊小怪的人带来无尽的痛苦，弄得衣衫褴褛，几乎根本不值得你留意一下该让他活着还是该带他进地狱。

第一幕开场时，年轻的佐薇姑娘出现在沙漠中的几块巨石边。她筋疲力尽了，于是坐下来，要休息一下。就在这时一对乞丐夫妇上场了，他们年老体衰，百病缠身；他们开始低声喃喃地向生命之神祈祷，据说他在这里居住。生命之神现身了，与此同时死神也降临了——他是不请自来。这两个神祇（都应当）是肉眼无法看到的。死神身材高大，身穿黑色长袍，板着一副僵尸面孔，静静地站在那里等候。年迈的老夫妇向生命之神祈求长生之道，来支撑着活下去。祈祷失败了。生命之神预言佐薇将殉道而死：她将死于夜幕降临之前。不久阿佩莱斯来到此地，他是个生龙活虎、充满热情的年轻人。他领导群雄抗击波斯军队并取得了胜利；他是命运的宠儿，家资巨万，为人们所拥戴与尊敬，是“巴尔米拉的主宰者”。他听说无论什么人，只要能独自拉动这些巨石中的一块，就可以满足愿望，求得永生。对这样的传统说法他付诸一笑，不以为然，不过还是想尝试一下，看看是否灵验。隐身的生命之神警告他说：“长生不死会带来无尽的悔恨。”然而他坚持，只要令他青春永驻，令他力量、才智不受侵害，他愿意承担一切风险。于是他如愿以偿了。

从这一时刻起，在一幕接一幕的剧情中，生活中的灾难、哀愁、不幸与耻辱毫不留情地不断打击着他，然而他毫不妥协，不承认犯了大错。每当遇到死神，无论何时他都激烈地表现出蔑视和反抗的情绪——可死神只是耐心地等待时机。死神，才是医治痛苦的良药，才是人类最好的朋友：人们就会认可这一点的。随着岁月的脚步不停地走啊，走啊，走啊，这位主宰者青年时代的朋友都衰老了，他们一个接一个蹒跚着踏进坟墓。而他仍满怀骄傲地抗争着，不愿投降。年深日久之后，他所有的朋友都去世了，在这个世界上他孤单单地一个人活着，最终，他所爱的人中最珍爱的一个，他的儿子，名叫宁法斯的男孩也死在他的怀抱里。如今他的自豪感为之破碎，如果死神能听到他的祈祷，前来赐给他永恒的安宁，他一定欢迎死神的来临。结尾的一幕精妙入微，哀婉动人。阿佩莱斯遇到了塞诺维亚，她能帮助一切苦难者，阿佩莱斯讲述了自己的故事，深深打动了她的同情心。在人所共知的传说中，她具有超自然的法力。既然他无法获得死亡的恩惠，他恳求塞诺维亚使自己完全遗忘那些伤心事——遗忘，“那正是死亡的代名词”。她这样讲（或者说是粗略地翻译了一下），心中越发充满同情：

过来，跪下，上天赋予我力量吧，
冷却这受尽折磨的头脑中的火焰，
给它以安宁与抚慰。

他跪倒在地，她将手放在阿佩莱斯头上，手中有一股神秘的力量迅速笼罩住他，于是他沉入一片梦幻般的宁静中。

哦，如果我只有流浪，
从这轻柔的黄昏走入安详的夜色，
就让我永远沉睡不醒吧！
（他抬起手，仿佛做礼拜祷告一般）
哦，大地母亲，永别了！

你待我如此仁慈。永别了！
阿佩莱斯要去休息。

死神在他身后现身，将那只抬起的手抓在自己掌中。阿佩莱斯一阵战栗，满身疲惫地缓缓转过身，当即认出这位终生为敌的对手。他面露微笑，将全身心的感激汇成一句简单却感人肺腑的话——“我感谢你”，便死了。

我认为，再没有其他结尾比这种安排更为动人，更为美丽的了。该剧恰恰是针对人生发出的一连串发自灵魂深处的嘲笑。剧本的题目该定名为《生活是否是个败局》，而余下的五幕剧一一演来恰恰回答了这个问题。我没有十足把握说剧作家有意嘲讽生活。我只是注意到事实如此。剧情中并未将生活的冷漠与粗野无礼的一面形诸语言，然而全剧似乎都在含蓄地表达这一面：“瞧瞧，人类是多少愚蠢的可怜虫啊；人的野心何其幼稚，人的虚荣心何其可笑，人的尊严何其渺小，人的英雄主义何其廉价，人类生命的方向何其反复无常，人的快乐何其匮乏，人的不幸何其繁杂，人的自豪何其稀有，人的耻辱何其繁多，人的悲剧何其滑稽可笑，人的喜剧又何其哀伤悲凉。跨越了岁月的长河，那些愚蠢的历史故事周而复始，何其单调无味，面目可憎，甚至一点儿新鲜内容都未曾增加过；从创世纪之初开始，人类就付出了何等艰难的尝试，把自己当作主的赐福充分利用，可是却从没在哪件事例中证实自己的能力。”

你该记录一下剧中某些细节。五幕剧各成一段悲剧故事。每一幕中总有一个人，他的希望，或是雄心，或是快乐，有如腐朽的大厦最终坍塌化作一片废墟。即使阿佩莱斯能青春永驻，他的一生也只是一部更加漫长的悲剧，也是失败。剧中有两名殉道者，二者形成了奇妙的对比，充满讽刺意味。第一幕中异教徒迫害佐薇，那位基督徒小姑娘，一名暴徒残杀了佐薇。第四幕中同样是这群异教徒——此时年纪已老，依旧狂热——他们成为基督徒，转过矛头迫害异教徒：其中一名恶徒残害了一名异教青年宁法斯，他一直支持着父辈信仰的神祇。剧中没加任何语句评述这种人类文明中独创的失败，然而这种意念确实无声地存在着，暗示我们在古老年代里的人类文明，即便已经完全被基督教化了，仍无法从根本上彻底驯化蒙昧未开的人类——就如我们这个时代里，一艘失事的法国轮船的水手棒打试图爬进救生艇的妇女儿童，那一画面何尝不是在暗示：我们的文明还没有尽善尽美地消除人类的蒙昧野性呢。他们只是普通水手哪！一年以前，在巴黎的一场大火中，同是这一国度的贵族棒打妇女和年轻姑娘，为自身逃命扫清道路。你能看出，文明在社会上层与底层中都提出了同样的考验。同样，在又一桩骇人听闻的可怕事件中，我们这位“野性的”文明判处一名无辜百姓以死刑，执行的手段花样繁多，并且为真凶开脱罪责，来挽回自己的荣誉。

第二幕剧中，一位尊贵的罗马官员不知羞耻地企图败坏阿佩莱斯的名誉，诬告他非法占有公众财产。而阿佩莱斯的内心是如此自傲，甚至连这种无法无天的怀疑也不愿忍受，他抛弃所有财产让自己一贫如洗，以此洗清自己的不白之冤；而后他的灾难生涯开始了：他不断遭受着一次强似一次的打击，因为那个他从罗马带回的轻佻美丽的女人对贫困生活丝毫不感兴趣，答应与另一名更为合格的候补人选私奔了。先前她出现在这幢房子里时曾令阿佩莱斯年迈可怜的母亲气结心碎，母亲的一生也是个失败。死神来拜访她了，但表示愿意以那罗马姑娘的生命作交换，于是他与阿佩莱斯达成一笔交易，母亲才被放过。

没有一个人能逃脱被打击的阴影。蒂莫勒斯在前两幕中是位欢快的讽刺专家，他曾大肆嘲讽尊贵的罗马老爷们的假仁假义、恣意搜刮民财；在第三幕中他已年老多病，体态肥胖，总是醉眼惺忪的样子，他丧失了高洁纯朴的品质，辛辣的智慧之光全然失色。他的生命也遭受到失败的打击，他不假思索地在宙斯身前起誓——那是源于古代的习俗——然后就恐怖万状地战栗起来，因为这时与他共同领圣餐的同事恰好路过此地。一位青年时代的异教徒朋友谴责他叛教时，他坦白道，当失去胃肠的赞同与支持的时候，原则性只好退让一边。人必须有面包吃，而此时“面包就是基督”。而后这位被社会遗弃的可怜人，曾一度以坚贞不屈而自傲的老人，一路咳嗽不止，蹒跚离去。

在同一幕中，阿佩莱斯同意了他那信奉基督的温存的小女儿和信奉异教的优秀情人的婚事，祝愿他们幸福，这让他们欣喜若狂。然而快乐只延续了五分钟。而后牧师与暴徒都到了，将两人强行拆散，将姑娘投进修道院，因为不同教派间的婚姻是严令禁止的。阿佩莱斯的妻子本可以破除这条教规，她也乐于这样做。然而迫于牧师的压力她退缩了，她生怕给爱女带来幸福会将自身置于犯罪的危险境地，于是跨入对方阵营，向修道院投了决定性的一票。黑暗降临到这对年轻人头上，他们的生活是个失败。

第四幕中朗吉努斯，他在第一幕中开创了那么一帆风顺、令人嫉妒的生活，此时孤零零地留在沙漠里，百病缠身，双目失明，无依无靠，他如此衰老简直令人难以置信，他已经奄奄一息了：世上没剩下一个朋友——又是一个被毁灭的生命。在那一幕中，阿佩莱斯深爱的儿子宁法斯同样为暴徒杀害，倒在父亲的怀抱里呼出最后一口气——又增添了一个失败的例子。第五幕中，阿佩莱斯自己也去世了，可是他很高兴能够如此，就在前四幕中，他还那么无知地为长生不死而欢欣鼓舞，他——正是世间最大的失败者！

二

现在我已接近我的计划。这儿有一张一八九八年五月七号星期六的剧目表——是从纽约的一张报纸的广告版上裁下来的：

二十三大街的代理人剧院将连场上演优雅的轻歌舞剧
由加德的表演公司首次推出：
《耸人听闻的爱迪生战征表》
詹妮·邓恩柏亚瑟、皮古和保罗内蒂、休伊·多尔蒂、尼科尔斯姐妹、乔治·埃及斯将参加演出。
楼厅票价 25 美分，正厅票价 50 美分。

牧羊人剧院连场上演：《爱迪生不凡的战地望远镜》
上演时间 12：30 至晚 11：00
座席票价 20 美分、30 美分。
卡尔顿和坎菲尔德、爱丽诺姊妹、约翰尼·卡洛尔、柯蒂斯和戈登参加演出。

位于第十四大街与第六大道交口的剧院
将上演大型海军故事剧：《军舰男子汉》
由托马斯·伊·谢伊主演
票价 50 美分，座席舒适
每周三、周六，日场演出附赠银制纪念品

影讯

下午2：00—9：00在麦迪逊广场公园上映：

票价50美分，儿童票25美分

赫格提一西蒙剧院上演：《哈雷姆区》

罗杰斯·布罗斯、莫德·雷蒙德、乔·威查、雷蒙德与库凯普、加德纳和吉尔莫等参加演出

学园剧院

位于第四大道与二十三大街交口

经理人：丹尼尔·弗罗曼

克莱德·菲奇的凯尔西－山农公司推出：

《蛀虫与火焰》

明星剧院上演：《白色中队》

隆重推出罗伯特·黑利亚德和劳拉·比加两位明星

女士票15美分，楼厅票价25美分，

正厅票价50美分

下周预告：

第五大道剧院和百老汇上演：《天皇》

第二十三大街剧院上演：《菲斯克太太》

每晚8：15开演，周六日场2：00开演

菲斯克太太坠入爱河，觅到稍有点古老的切尔西

基思剧院连场演出

查尔斯·狄更斯及其公司的自传故事

票价25美分，50美分；中午到晚上11点上演，
参演者有：汉斯、约翰斯通·贝内特、乔沾·乌莱
斯利、史密斯和坎贝尔、加德纳和埃利、韦布和汉森、
霍尔和斯塔雷、布洛克逊和伯恩斯等。

哈雷姆歌剧院上演：《亨利·米勒老爷》
晚8：15，周六日场2：00开演
下周上演：《拦路强寇》

第五十八大街与第三大道的娱乐场连场上演：
《卢·波克斯塔德》
米尔顿和多利·诺贝尔斯，伊凡·格里波夫，库施
曼和赫摩比，C.W.利特尔菲尔德等人参加演出
《爱迪生战争表》(最新面市)
每日一场下午1：30—11：00任何时间上演
下午场15美分，25美分；晚场25美分，50美分

音乐学院在《祖国之战》中取得惊人成功
学院位于第十四大街与欧文·普街
周三、周六日场2：00开演，晚场8：15开演

山姆·蒂·杰克歌剧院位于二十九大街百老汇
每日2：00、8：00上演两场大戏
由詹妮·耶曼斯和弗伦奇表演公司推出

末伯－菲尔德音乐厅
每天日场上演

《餐后甜酒与征服者们》

由舞后雷茜·克莱顿小姐主演

宝石剧院最后两场演出：

《有朋自印度来》

今天日场2：00开演，晚场8：15开演

下周预告：《塔里镇的孀妇》

美洲人剧院上演

位于第三大道与四十二大街交口

电话：3167—28

由城堡广场歌剧表演公司推出

《行乞新手》

上演第六个月，由八十位艺人参加演出

全场票价25美分，50美分，75美分；

今天日场价25美分，50美分。

下周预告：英文剧《浮士德》

百老汇街和四十大街的帝国剧院

推出WM.H.克兰主演的《市长阁下》

晚场8：30开演，本日各周三日场2：15开演

奥林匹亚音乐厅

今日日场上演：《阿德吉》

由玛格丽特·西尔维亚及其十位演员联袂演出

下周上演

一首狂热的具有创造性的爱国诗篇：《战争狂想》

纽约人剧院

上演索萨新作《新娘之选》

剧院位于百老汇大街与三十八大街交口

晚场8：15开演，今日日场2：15开演

科斯特—拜尔剧院上演

奥黛丽·里奇主演的《侨民》

参演人员有：特利·沙塔克，格罗米·爱德华等

今日日场上演，票价50美分

华莱克剧院上演：

《波士顿人》《月下情歌》

最后两周

晚场8：15开演，今日日场2：00开演

戴利剧院上演：《马戏团的姑娘》

参演人员有：弗吉尼亚·厄尔、詹姆斯·福厄斯

晚场8：15开演，今日日场2：00开演

“一场王牌大戏，充满光彩与生机。”

——哈格雷德

“一个纯娱乐的夜晚。”

——蒂贝

现在该提到我的计划了，我要提条建议。从这些无忧无虑的欢乐场面看，我归纳的结论是，你们需要兴奋剂。去请《巴尔米拉的主宰者》剧团吧。你们正在努力说服自己，相信生活是一部喜剧，生活的孤独是有趣的，生活中没什么严肃的事。你们在忽

略不可外扬的家丑。去请《巴尔米拉的主宰者》剧团吧。你们在否定生命有价值的一面，当前岁月的一面将会退化萎缩。你们的心里填入了太多的糖分，你们会患上文化人的肾炎。去请《巴尔米拉的主宰者》剧团吧。你们无须诠释它的意义：剧情就如一组画面一般简单易懂。

这就是我的建议。此外我还想加上一点。那就是：上演那些轻松愉快的喜剧和消遣娱乐的节目没什么错，也对身心健康有益。我不该希图这些演出销声匿迹。然而我们没有一个人的心情总是轻松喜悦的：大家都有心绪较为沉重的时候，这些心情都会向我们袭来，哪怕最愚蠢的人也无法逃脱。这些心情固有自己的表现欲——健康真实的欲望——而世上总会有什么办法让这种欲望得以满足。我觉得纽约看来应该专门设立一座专门演悲剧的剧院。纽约人口多达三百万，只要每一百万人里有七十人被吸引到场，这座城市就能负担得起剧院的费用，就能养活它。或许是这样吧，美国比任何其他国家都花费了更多的人力、物力和财力，倾注了更多的时间与精力给语言文字文化和音乐文化分类。然而在此你们会发觉这个国度忽略的或许正是文化中最强有力的组成部分，那是播种、繁殖和培育超群的文学品味与崇高情感的园地——即悲剧舞台。丢弃这种强大的文化力量就等于让一群跛脚的人拖拉着文化马车前进。现如今，当一种只有莎士比亚才能为之配乐的情绪袭来时，我们得做些什么？自己读莎翁名作！这难道不是太可悲了吗！那等于把口拨琴咬在牙齿上用手拨动演奏风琴独奏曲。我们读不了莎翁名作。除了布斯一家没人读得了。

三十年前埃德温·布斯在纽约上演《哈姆雷特》夜场一百场。如今人口已是当时的三倍，一年中又有多少次上演《哈姆雷特》呢？如果布斯能重返青春鼎盛的岁月，他又能在纽约演出多少场呢？有人会说二十五场吧。我会说三百场，并且对此充满信心。那些悲剧演员都过世了，然而我认定构成悲剧市场的人的品味与智慧并未消逝。

我们这些说英语的人民都经历过什么事呢？本世纪前一半时间里，悲剧作品与伟大的悲剧演员就如同滑稽戏和喜剧一样到处都有，在英伦也是如此。我坚信，如今我们连一位悲剧演员也没有了。而在伦敦，那里有五十所展馆与剧院，我想也只有三位悲剧演员了。当你最终注意到这一现象时，会发现这是个令人惊异的事实。维也纳仍保留了古代的传统基础：从未改变。维也纳坚持以往的比率：大量嘻嘻哈哈的喜剧作品每晚都有演出，令人羡慕不已，同时在伯格剧院每晚上演——那部情趣高雅、内涵丰富、美丽辉煌、费用昂贵的世界奇迹——即那部严肃深刻的高贵的戏剧作品，或称一部标准的旧式悲剧。只是在近十几年间人们才学会在舞台上利用华丽诱人的景物效果创造奇迹。也正是在这段时间里我们缩减了周围景致，主要在居室的多样与家具、地毯的种类方面。我认为在纽约也得有家伯格剧院，还得拥有伯格的布景与它那样的演员班子。而后，每月上演一两部悲剧弥补一下，我们就能更好地欣赏喜剧了。喜剧令心情永葆温馨。可我们都知道偶尔攀登莎翁等作家修筑起来的文学的雪峰绝顶的壮观场面也是有益身心健康的，令人心旷神怡。我看来是否像在布道？我对那方面并不在行，我只是因为其余牧师似乎都休假去了才这样做的。

外交官的薪水与衣着

1月5日，于维也纳。——我在晨报上读到一条消息，说美国政府将奖给和平委员会的两名会员每人十万美元，他们在巴黎的六个星期里做出了巨大贡献，这笔钱是给他们的酬劳。

真盼望这条消息是真实的。我很乐意把这事当成真事，认定它已经圆满成功、大功告成，从而感到由衷地满足。

这一奖励是开创先河的创举，就我国而言，这一事件是个可喜的现象。先例总是有机会让人珍而重之的（不为人所重视的机会也一样会有），而且为人所重视的最佳契机（也许是正相反的机会）就是正当它吸引了全国上下的注意力，相当引人注目的时候。随之而来的议论中如果证实它确实有道理，那么它就会发现自己的前途已然准备就绪，等它上场了。

我们意识到社会公道的大厦拔地而起，就是用先例修筑而成的。不过我们并非总能意识到，我们的文明中其他细节同样也是用先例树立起来的。这些惯例所经历过的变革同样是由于有新型的先例闯入，新先例占领了那些敌对惯例的地盘，而且把敌对阵营据为己有了。一条惯例要么会在产生的那一刻死亡，要么就能存活下去——主要是运气问题。如果有人仿效了一次，就多了一次活着的机会；要是两次，机会就更妙；要是三次的话，那么差不多该到予以斟酌的地步了；要是有四次、五次，或是六次，那么到最后这个先例很可能能保留下来——可能会留上整整一个世纪之久。如果一座市镇开始使用一种新型弓箭，或是跳一种新舞蹈，或者施行一套新型戒酒方案，或者戴一种新帽子，要是邻镇的老百姓也接受了这条先例的话，它的事业就成功地开创起来了，而且要打赌说它走到什么地方是个头儿的话，这个赌就打得太没把握了。有可能根本就没开创这么一条先例，也就谈不上事业。可如果有一位王储在推行这项惯例的话，它就能吸引广泛关注，同时发迹的机会是如此之多，简直可算是确定无疑了。

很久以来我们一直在遭受两条灾难性惯例的危害。其一是给那些在异国他乡代表合众国的力量与尊严的公仆们支付非常可怜的一点儿薪水的惯例；另一条则是规定公仆们在官方场合露面的时候，穿那种毫无高雅尊贵可言的服装，比起别的官员身穿的奢侈浮华的礼服来说，它简直就是值得赞颂的高声谴责。直到今天，美国大使的朝服仍然破烂不堪。有一次，在欧洲某国举办宫廷宴会的公共场合中，所有的外国代表都穿着某种程度上与那些非官方人物具有明显区别的衣饰，让他们可以代表自己的国家，只有我国代表除外。可我国代表露面时穿着平平常常的黑色燕尾服，既无法代表国家，也无法代表我国人民。它没有国籍之分，在所有的国家里都能找得见它，跟男用睡衣一样具有国际性。它毫无特殊内涵，只不过我国政府打算给予它一点儿特殊内涵吧：打算让它代表朴素主义共和国，代表虚怀若谷不自满。努力了，而且毫无疑问努力失败了，因为可以想象这么大张旗鼓地卖弄朴素谁也骗不了。拿一片无花果叶子勉强遮羞、大肆宣扬其谦逊品质，事实上只能让这份谦逊遭受怀疑。在官方场合穿戴起我国新教徒式的燕尾服，从风度上来说它就成为一句不光彩的独立宣言，而且粗野无礼。它朝四面八方说道：“我们入乡不随俗；我们拒绝重视你们的品味和你们的传统；我们不会为任何一国的风俗或是偏见做出牺牲；我们不会向生活中的殷勤周到之礼做出让步；我们喜欢自己的规矩，而且偏偏是把自己的规矩带到这里来了。”

那并非美国人的真实精神，那些服装会让人家误解我们。一位外国人来到我们的地盘上，居然违反了我们的风俗规矩，那么我们肯定会勃然大怒，这种反应合情合理。然而我们的政府下令本国大使在国外要身着违反人家风俗规矩的官方服装，于是那份耻辱就降临到他国的头上。

富兰克林时代以前，我们从不用不起眼的衣服来打扮我们的公务员，而且如果富兰克林本来是个无名小卒的话，就不会带来这样的服装变革了。可他在世界上是如此举足轻重的大人物，无论他干了些什么有点儿不同寻常、有特色的事都能吸引全世界的关注，而后这个做法就成为一则惯例。就说服装吧，下一任驻外大使，以至再下一任，都得效仿他的样子。此后这事就约定俗成了，而习俗这东西是个顽固分子，能赖上一个世纪之久，除了炸药没有任何东西能把习俗轰出老巢。我们想象着我国这种奇怪的官方服装是经过深思熟虑设计出来的，以便代表我们的朴素主义共和国——我们从未具有这种品质，而且如果这种品质有过什么用处或是我们对它有所了解的话，现在它也老得没法再取得这种美德了。不过当时的情况其实并非如此，丝毫谈不上深思熟虑：就是因为富兰克林树立了这个先例，它就自然而然地发展起来，却并不惹人注意。

如果它本是条国际惯例，而且基于某一条原则的话，就不会在原地停滞不前了，我们会要求进一步发展。政府官员们不穿海陆将军们去军事法庭或是其他公众场合的服装，那种色彩艳丽、金光闪闪的华贵奢侈的制服，而是套上燕尾服和白色旧式领带，把自己打扮得像驻外大使或是穿制服的仆人。如果说，我把富兰克林当作我们新奇官方服装之父是错怪了他的话，不要紧，他都能受得了。

这是我的个人意见——我打算免费提供这条建议——我的意见是，每当我们任命了一位大使或者部长，就该临时赋予他海陆军上将的军衔，允许他在国外的盛大集会上穿戴相应的制服。我提这番忠告是因为，美利坚合众国的驻外使节在官方场合露面时，穿着一套分外耀眼、惹人注目的服装，与我们的国家尊严太不协调了；每当有人身着这套行头出现在大陆法庭里蝴蝶似的花纹之间，衣服上还沾着些模糊不清的污渍，就必然会引人侧目。处于这种地位上，对于一位生性羞涩的先生，一位谦逊有礼的先生，一位习惯于与众人相同的先生来说，可是难堪透了。他是在场的人里最显眼的一位，根本躲不开众多人等的目光。要不是这样一番残酷的奇景，那么眼瞧着那位为目光所追随的家伙穿着一身庄严肃穆的黑衣服在色彩纷呈的人海中四处游荡，像在地狱里迷途的长老会教友似的还是挺可笑的。我们都知道，我国驻外使节的服装不该吸引太多的注目，因为除了印第安酋长，谁都知道那样穿太粗俗。我这么说可是为了国家尊严和骄傲。我们的驻外使节就是一面旗帜，他就是共和国的象征，他就是美利坚合众国。我们不希望这些合众国的化身从人们身边走过的时候为人耻笑，我们希望大家只得承认，这些人衣着得体且不失礼。

在官方服装这一问题上，我们的政府出奇地自相矛盾。驻外大使要是没当过兵，政府就限定他穿黑色燕尾服，系白领带；要是他当过兵，就允许他身着以往军阶的制服当作官方服装。西克利斯将军出使西班牙的时候，每逢执行官方任务，他总是穿少将军服。格兰特将军访问外国宫廷的时候，身着全套将军服，英俊得体，光彩夺目，而且为他引路的是他自己那班总统行政局的人马中残留下来的外交人员。而后者出于官方需要，身穿卑躬屈节的燕尾服出行——这是多么具有讽刺性的鲜明对比：一套衣服代表了国家诚实可敬的尊严；另一套则代表了朴素主义共和国传统之中廉价的伪善。我们的驻外使节在巴黎的时候装束高贵，能够行使官方职能，因为他在国内战争期间是位军官。我们已故的驻伦敦大使属于类似的情况，因为国内战争时他也是位军官。可是乔特先生代表我们伟大的共和国的时候——哪怕是在早七点的官方早餐会上——也必须身穿那套古老可笑的燕尾服。

最后这个事例足以证明，我国政府的服装礼仪观念的的确确是非常非常奇怪的。全世界人民公认，燕尾服不能在白天穿着，它是一种晚礼服，而且只是晚礼服而已——跟睡衣差不多。可是，我国驻外公使一大清早做官方访问的时候，政府就强迫他穿上那身晚礼服前往，连给他驾车的马都得狂笑起来的。

事实上，这个世纪里曾经有那么一段时期，大概早在不足四十年以前吧，我们的神志曾暂时清醒过一段呢，我们丢掉了朴素主义共和国的骗人幌子，为我们的驻外使节穿上英俊得体的官方服装，可是后来这种衣饰逐渐被丢弃在一旁，燕尾服顶替了它的位置。我相信现在没有人知道是哪位长官带来了这种服装变革。不过我们都明白，即便他和自己在服装上的外交礼仪一样愚蠢，他既不会让女儿穿着给玉米脱皮时干农活的服装送她去参加豪华舞会，也不会让她穿着豪华的舞会服装送她去给玉米脱皮，让她在两种场合中都遭人责难，说她是没礼貌，违反风俗礼仪。我们还知道，也就是：他自己也不会穿着一身不端庄、不得体的服装参加人家的葬礼，让举丧的人家难堪，端庄得体是由民间传统里约定俗成之后成为民间风俗，终于变成神圣不可侵犯的规矩。可那位先生太不留心，以致没有想到所有人类文明中的社会习俗都应当给予敬意和关注，他同时也没想到，但凡心里有正确礼仪思维的人就不会有意冒犯这些习俗。

就合理的外交服装问题我还有一种论点——即商业论点。我国是个商业国，我国驻外使节就是我们的商业代理。如果他在就任的国度里受人尊崇、有尊严，人们都喜爱他的话，他就能施展自己的影响力来促进我国贸易，推动国家进一步繁荣昌盛。他的商业活动中有相当多的活动是在自己的社交圈里进行的，那么穿着上不得违背当地的规矩、习俗以及公众的成见就成为颇为重要的因素——要是富兰克林早点儿死掉，本该是这样的。

我的免费建议还没有提呢。我们设立大使馆的时候取得了伟大而且有价值的进步。大使地位崇高，与公使相比，占据这一地位的人能比公使获得多几倍的权力、敬意和工作成效。为了国家尊严，为了国家的贸易利益，在世界上各个伟大的宫廷里，我们都该派驻大使，而并非公使。

可是怎么也不该只给这么点儿薪水！不行，如果我们只肯维持现有的工资水平，就别再派大使了。已经派出去的也赶紧撤回来吧。这么崇高的地位，却不肯使用点策略来维护大家对它的敬意——这事可一点儿也不聪明。一位驻外使节，要想对自己国家有价值，就必须和首都的官员以及其他有权有势的民间人士和睦相处。他必须和这一社会打成一片，他不能在家一坐——这可不是做生意呢，连草根钱都巴结不上。他必须出席餐会、华宴、晚餐、舞会、欢迎会，并且必须回请以示友好。同时他回请的场面必须与应邀的场面同样美好，这是为了国家尊严，为了商业利益。哪位大使或是公使能靠自己的工资做到这一点呢？没有——从富兰克林时代到我们这个时代，一个都没有。合理地充实驻外使节的口袋能促进贸易，其他国家都能理解这个道理，但是显然我国政府还没认识到这一点。在几个贸易国中，英国是最成功的贸易商，她小心照料着守卫在贸易宝塔上的卫士们。从我们有必要为自己的驻外使节羞红脸的时候算起到现在，已经很久、很久了。派出最适宜的人选已成为习惯。我们派出了盛名卓著、修养高雅、品格高尚的人选——是我国最有能力、最精良、最优秀的人才。而后，我们就用少得可怜的报酬削弱他们的工作效率。我这有一张英美两国的公使和大使的薪水对照表：

城市名称	薪水	
	美国	英国
巴黎	17，500 美元	45，000 美元
柏林	17，500 美元	40，000 美元
维也纳	12，000 美元	40，000 美元
康斯坦丁堡	10，000 美元	40，000 美元
圣彼得堡	17，500 美元	39，000 美元
罗马	12，000 美元	35，000 美元
华盛顿		32，000 美元

英国驻华盛顿大使朱利安·庞斯富特先生还额外拥有一座精美绝伦的华宅，丝毫不减少他的薪水。

英国大使不用付房租，他们居住在英国国有的官邸里，我国大使则靠工资付房租。从以上数字可以判断出美利坚合众国在海外习惯于住什么样的房子，又能回请什么类型的娱乐。领取我们的表格里列举的工资的人，谁都住不起合适的房子，此外，还得付三千美元供家人吃面包圈和咸肉的——这是美国大使的家眷奇特而又经济节约、约定俗成的花销，星期天除外，那些日子会添上些硬邦邦的波士顿饼干。

别国的大使和公使们不仅薪水丰厚，政府还提供经费供他们付相当大一部分和他人友好来往的账单。我相信除海军招惹来的账单以外，我国政府是不会付这种钱的。迁就了海军，海军就能在国外为我们增光，当然这是应当的，是政治上的需要。然而为什么政府不考虑外交官同样能在海外为我们增光添彩，这也是应当的，也是具有政治意义的。自从我放弃了看棒球比赛，而投身做个政客来消磨时光以来，这个问题就一直困扰着我，这就是那种晦涩难懂、本身自相矛盾的神秘问题之一。

回到房租问题上来吧。在欧洲各首都城市，布置得体而精美的房屋，可不是一笔小数目买得下来的。其结果是，我国驻外使节已经习惯于住亭子间——有时还在房顶。他们一贫如洗，这已经是靠政府工资所能住的最好的房子了。他们怎么能差强人意地回请宴客以示友好呢？办不到。这样不到三个月他们就会把一年的工资花光。依照某种时尚为权贵们娱乐是他们的本职工作，他们只能靠囊中有限的金银尽力尽职。人家上香槟酒，他们供应柠檬汁作为回礼；人家请吃野味，他们就请吃火腿；人家席上有鲸鱼肉，他们的席上就有沙丁鱼；人家开瓶烈性酒，他们只好回以炼乳；人家用穿制服、涂发粉的成队仆从在宴席上服务，他们就只能安排一个雇佣来的女仆；人家的宴会大厅里装饰得犹如茫茫仙境般豪华，而他们只得在炉灶上悬挂美国国旗做点缀；人家邀请了乐队演奏，他们只能安排自家人演奏齐拉特琴[①]，唱唱民间小调；可他们不办舞会，除非美国人住在房顶上，有地方办舞会。

这是否夸大其词了呢？恐怕还真不能这么说。许多许多年以前，有一次我亲眼目睹过几乎和我说的毫无二致的一顿宴会。一位公使努力想促使自己的权贵朋友们赞成一项草案，这项计划大概能让共和国的农业收入每年增加一千万美元；而我国政府就为他安排了火腿和柠檬汁，以便说服反对派。公使失败了。如果他领得到应有的那么多薪水，每年五万或六万美元——或许他无法成功，但成功的概率会有极大提高。而且无论何时，他与他举办的宴会、他所代表的国家都不至于遭受铁石心肠的人的耻笑，遭

① 齐拉特琴：一种古代拨弦乐器，有五根旋律弦和三十至四十根和声弦。

到慈悲心肠的人的怜悯。

任何一名经验老到的“旅行推销员”都能证明：要想做生意，用火腿和柠檬汁招待对方其实不省钱。推销员会把代表一国的买主带到音乐厅，带到歌剧院，带到马戏团看表演，整日整夜地请他吃饭，请他喝酒取悦于他，极尽奢华之能。此外还要不择手段地利用他的天性引诱他。依据以往的经验，他深知这才是得到有利可图的订单的最佳手段。他有自己那份奖金。除了我们的政府，别国政府都在玩弄同样一种政策，眼里也能看到同一种结果，而且他们也都设立了奖金。不过我国政府不肯照生意场的方式做生意，而是执着地使用火腿和柠檬汁。这两样儿成了全世界外交部门所知的最昂贵的饮食了。

我们国家是唯一的地位超然，却只付很少一点儿薪水给驻外使节的国家。如果我们很穷，或许我们就没法给勤俭节约大挑毛病，——起码你找不出什么似乎有理的借口来。然而我们不穷，借口也没用了。如上文所示，我们有地位的外交使节中，有些人工资是一万两千美元，其余的人拿一万七千五百美元。这些薪水只够买火腿和柠檬汁的，不够买旗帜的。我们往伦敦或是巴黎派驻一位有钱的大使的时候，他按照一位国家大使的标准生活，就像我们的大使该有的生活标准那样，那就得每年花费十万美元。可我们为什么要他掏自己的腰包儿呢？这么干一点儿都不公平，而合众国也并非受人怜悯慈悲的合适对象。有些情况下，一万二千美元的工资本该是五万美金，而所有拿一万七千五百美元工资的人都本该拿七万五千美元，或者十万美元，因为我们没替驻外使节付房租。我国国务院已经意识到我们所犯的错误，它乐于纠正错误，只不过没有这份权力。

一位年轻姑娘长到十八岁就被看成一个女人。她的腰围长了六英寸，她把下垂的发辫打散，绾到头顶梳成髻。她不再与小妹妹一同睡，而是有自己的独立房间；而且许多时候她都一掷千金。可现在她已经进入社交界了，她爸爸必须咬牙关忍着。这些花费你躲不开。很好。我们的伟大共和国在去年改穿长裙了，头发梳成了发髻，进入了世界社交界。这就意味着，要是她想繁荣昌盛，想和社交界搞好关系的话，就必须把一些热衷的幼稚做法和迷信思想丢掉，按照社交界的规矩办事。当然，如果她不想的话她也可以拒绝，不过这可不明智。她现在应当意识到，自己已经"走出国门"了，意识到该是把一部分风格改变改变的好时候了。她待在罗马，人们久已公认待在罗马时必须照罗马的规矩办事才是上策。是为了对罗马有利吗？不——是为了对她自己有利。

假如我国政府果真支付每人十万美元给在巴黎大会的我国驻外使节，奖励他们六周以来的工作的话，我确信这就是本国多年来最出色的一笔投资。因为这事似乎不太有可能，书本上写着那条先例，政府绝对能够找得到借口，把外交官的薪水保持在当前这个吝啬的数码上。

又及——元月十日，于维也纳。——从今天早晨的电视新闻上我得知自己绝不可能成为新任大使了。这事——哎，我不知道该说什么才好。我——那么，当然我不在意这点儿事，可至少也是件意想不到的事。我已经花了好几个月时间，在华盛顿动用自己的关系想得到这个外交官的位子，进而再取得大使资格，我有个想法，当然，想——不过没关系，随它去吧，没有意义了。我能心平气和地这样讲，因为我心气平和。不过同时——然而，这个问题对我一点儿意思都没有，从来都没有。无论如何，我从未真的打算取得这个职位——好多、好多个月以前，差不多一年以前我才打定主意要得到这个职位的。可现在，我心平气和的，我乐于这样说——只要我仍旧具有对祖国荣誉和尊严的自豪感，工资少于每年七万五千美元的话，我就绝不担当任何大使的职务。要是有人指责居然妄想透支国家财力的豪华生活，我也无能为力。一个无力支付大使工资的国家居然还敢向外国派驻大使真该脸红。

想想看，一位大使居然年薪仅有一万七千五百美元！尤其他还是美国大使。喂，这可真是个荒谬的奇观，最为自相矛盾的奇观了，哪怕脑子有病的人都想象不出来这样的情况。那就像一位亿万富翁却戴了个纸制的衣领，一位国工却只围了条遮羞布，一位大天使却顶着一圈锡制光环似的。纯粹是为了假模假式地自吹自擂，那份薪水刚好跟大使的官方服装相匹配——美国这是在吹嘘自己行事简朴，宣传自己虽然岁入五万美元年薪，可是面对保险公司的老总和铁道部门律师的时候仍然心平气和；吹嘘本国的外交官邸装潢得比欧洲王权在握的王公贵族们的宫殿还要豪华壮观、富丽堂皇。朴素主义共和国发明过许多东西，还出口到旧大陆[①]去，有宫廷轿车、小卧车、电车、有轨电车、最棒的脚踏车、最棒的机动汽车、蒸汽炉，有为了偷懒和舒适而设计的最良好、最时髦的电传系统和电话辅助装置，电梯、个人洗澡间，有宫廷宾馆，配有形形色色的便利设施，各种各样的舒适豪华布置，以及五花八门的演出和奢侈品，还有——哦，列起清单来可就没头儿了！一言以蔽之，朴素主义共和国身上只披了一件衬衫，却缔造了欧洲，也就是说，随着真正的奢侈品、方便设施、舒适的生活用品走向欧洲，我们把欧洲装点起来，一直包到下巴上。我们的人民是世上最为慷慨、最爱炫耀也最热爱豪华的百姓。我们在桅杆上升起一面诚实可信的旗帜，那是世上仅见的最俗艳的旗帜。哦，朴素主义共和国，世界上有许许多多骗人的胡扯，但是无论哪一段胡扯的谎话都要向你致敬！

---

① 译者注：美洲是新大陆，因此欧洲被戏称为旧大陆。

他是活着还是死了

1892 年的 5 月，我是在里维埃拉[①]的曼托恩度过的。人们能在这隅偏僻的天地里独自享受各种各样的优越条件，要是到了几公里外的蒙特卡洛[②]或是尼斯[③],你就得与公众分享这些美好。也就是说，你能拥有倾泻如潮的阳光、芬芳温馨的空气，还有波光粼粼的海洋，不会有社交集会，不会有纷乱繁杂的事情，不会有五颜六色的羽毛与形形色色的展示会来破坏这一切。曼托恩这儿宁静而平和，生活简朴而不做作，腰缠万贯、品味庸俗的人是不到这儿来的。一般来说，我指的是有钱人不会来这儿。偶尔会来一两个富翁，我当时和其中一个已经熟络了。我就把他称作史密斯吧，多少掩藏一下他的真名实姓。有一天在安格拉斯饭店吃第二顿早餐时，他惊呼起来：“快看！瞧那个正往门外走的男人，从头到脚仔细看。”

“怎么了？”

“知道他是谁吗？”

“知道。您来之前他就在这里消磨了好几天了。他们说，他

① 法国南部和意大利西北部沿地中海的假日休憩胜地。

② 摩纳哥城市名。

③ 法国港口城市名。

来自里昂，是位年迈富有的退休丝绸织造商，我猜他在世上只剩下自己孤零零的一个人了，因为看来他总是心绪不好，精神恍惚，从不与人交谈。他名叫泰奥菲勒·马尼昂。”

而后，我觉得史密斯应当进一步解释为什么对泰奥菲勒·马尼昂这么感兴趣了。然而他没有说话，而是陷入了沉思，显然短时间内对我、对身外世界都视若无睹了。他时不时用手指梳理梳理零乱的白发，理清一下思绪，任早餐一直冷却下去。到后来他才开口说：

“不成，已经忘光了，我想不起来了。”

“想不起来什么呀？”

“那是汉斯·安德森笔下的一段美妙的小故事，可故事的内容我全都忘光了。有一段好像是这样的：一个孩子有只小鸟养在笼子里，他很爱那只鸟，却粗心大意不去关照它。那鸟儿尽展歌喉，却无人听到，无人理睬。终于有一天，那小生命再也承受不住饥渴的摧残，它的歌声变得越发微弱而忧郁，最终歌声停止了——鸟儿死了。孩子来看它，悔恨交加。而后，他流着苦涩的泪水痛哭着叫来伙伴们，大伙满怀悲痛地举办了一场盛大仪式将鸟儿安葬了。可怜的小东西们，他们不知道，并不只有孩子们将诗人饿死后，又在他们的葬礼与墓碑上挥霍钱财来纾解自己的苦闷，让自己心情平静下来，而这笔钱本来足够让诗人活下来。那么……”

话到此处，我们的交谈被人打断了。那天晚上十点左右我遇到史密斯，他邀我到楼上他的客厅里一起吸烟，再喝点儿烈性的苏格兰威士忌。客厅里有舒服的椅子，有悦目的灯光，有用当季的橄榄木燃起的炉火，室内一切让人感到亲切而舒适。而室外隐隐传来澎湃的涛声，就让这一切变得更为完美。两杯威士忌下肚，我们又懒散而心满意足地谈了些闲话之后，史密斯道：

“聊到这儿咱们也都准备得差不多了——我给你讲个稀奇古怪的事情，您只管听着好了。很多年以来这件事一直没有公开——只有我和另外三个人知道，可是今天我想要揭开这个秘密。您感觉舒服吗？”

“棒极了，接着讲吧。”

以下是他告诉我的故事：

“很久以前我是一名年轻的画师——当时的确非常年轻——我在法国各地的乡村里游来游去，这里涂上几笔，那里画个速写。当时有两位可爱的法国年轻人加入了我的队伍，他们跟我是同行。我们一贫如洗但是快乐无比，或者这样说是快乐与贫困的程度不相上下——您怎么说合适您就怎么说吧。这两个男孩的名字分别是克洛德·弗雷尔和卡尔·博朗格。亲爱的好伙伴儿，他们曾嘲笑过贫困，在任何情况下都能过得极其快乐，简直是一对阳光下的精灵。

“最后我们到布雷顿村时简直就快‘搁浅’了，一位和我们同样穷困的画师收留了我们，可以说是他让我们免受饥饿之苦——他就是弗朗索瓦兹·米勒……”

“什么？那位伟大的弗朗索瓦兹·米勒吗？”

“伟大？那时候他并不比我们更伟大多少，他什么名气也没有，甚至在自家村子里也不出名。而且他那么拮据，除了萝卜以外没别的可以给我们吃，有时候甚至连萝卜也吃不上。我们四个成了彼此忠诚的朋友，彼此爱护，不可分离。我们一起全力以赴地外出作画，把作品堆积起来，再堆积起来，可很少有哪一幅能脱手。我们共同度过了美好的时光。然而，哦，我的天哪！那时候的日子多么窘迫啊！时不时就要受穷。

“这样的窘境一直持续了两年多。直到后来，有一天，克洛德说话了：‘伙计们，我们已经无路可走了，你们明白吗？——

彻底无路可走了。别人都打击我们——村里组织了一群人专门和我们作对。我走遍全村，但就如我告诉你们的那样，哪怕一生丁[①]他们也不肯再赊给我们，除非我们还清所有零星杂货的欠债。'

"听了这话我们浑身冰凉，人人脸上都沮丧得面无表情。到这个时候我们意识到自己的处境是何等艰难了。大家久久无语。最后，米勒叹了口气道：'我什么办法都想不出来——什么办法也没有。提点儿什么建议呀，伙伴们。'

"没人搭腔，只有忧郁的沉默无声地回应着他的话。卡尔站起身来，紧张地来来回回走了会儿，然后说：'丢人哪！瞧瞧这些油画：一堆又一堆可以与欧洲任何什么大人物画的相媲美——我不关心是哪个人。对，而且有好多散步路过的陌生人都讲过同样的话——或者反正是差不多的一些话。'

"'可没买呀，'米勒说。

"'不碍事，他们这样讲了，而且说的确是事实。瞧瞧你那边的那幅《祈祷》[②]，会不会有人跟我说……'

"'哈，卡尔——我的《祈祷》！有人肯出五法郎要买它呢。'

"'什么时候？'

"'谁出的价码？'

"'他在什么地方？'

"'你怎么没卖？'

"'喂——别都一起说呀。我想他还能多出几个——我有把握——看起来他是那种人——所以我跟他要八法郎。'

"'噢——然后呢？'

"'他说会再来电话的。'

---

① 法国货币，一生丁等于百分之一法郎。

② 《祈祷》为法国现代著名画家米勒的成名作。

“‘干打雷不下雨！哎呀，弗朗索瓦兹……’

“‘我明白——我明白！我犯了个错误，我真蠢！伙计们，我不过是想要个最好的价码呀！看在这份心的分上，饶了我罢。再说……’

“‘哈，当然了，我们明白这个，上帝保佑你亲爱的好心肠，可你别再干蠢事了。’

“‘我？我只盼有人能出价用一只卷心菜跟我换这画——你们瞧着吧！’

“‘卷心菜！哦，别提它了——我一听简直要流口水，谈点儿让人不那么难受的东西好了。’

“‘伙计们，’卡尔说，‘是这些画儿没有价值吗？回答我。’

“‘不是！’

“‘这些画难道不是具有非凡的价值吗？回答我。’

“‘是的。’

“‘具有如此非凡的价值，要是再加上一个闪光的名字，这些画就能卖出上等价钱。难道不对吗？’

“‘当然对。没人会怀疑。’

“‘可是——我并非玩笑——难道不是这样吗？’

“‘哈，当然是这样——而且我们也不是开玩笑。可这又怎么样哪？这又怎么样呢？那跟我们有什么关系？’

“‘朋友们——我们该给这些画作加上个闪光的名字！’

“热烈的谈话戛然而止，一张张面孔不解地转向卡尔。这打的是什么哑谜？从哪儿能借到闪光的名字？又叫谁去借呢？

“卡尔坐下来，说：‘好了，我要提一个严肃的建议。我认为这是让我们摆脱这座贫民所的唯一途径，我确信此路完全可行。我的想法是有根据的，人类历史上这类的事层出不穷。我确信我的计划能让大家全都富起来。’

"'富起来！你疯了吧？！'

"'不，我没疯。'

"'真的——你是疯了，你把什么叫作富有？'

"'每张画十万法郎。'

"'他的确疯了。我明白了。'

"'不错，他疯了。卡尔，穷困生活让你受不住了，而且……'

"'卡尔，你需要吃片药然后直接上床休息。'

"'先把他捆上——捆上他的头，再……'

"'不对，捆上他的脚，这几个星期以来他的脑子一直太平静了——我注意到来着。'

"'住口！'米勒叫道，口气显然很严厉，'让人家把话说完。嘿，那么——讲讲你的计划吧，卡尔。什么打算？'

"'啊哈，哦，说之前我请诸位注意一下：人类历史上许许多多艺术家的卓越成就都是到艺术家本人饿死之后才被世人承认。这种情况屡有发生，因此我大胆地找出了其中的一条法则。这一法则就是：每一位不为人所知或为世人所忽视的伟大艺术家的卓越成就只有在死后才能被认可，而且在他死后作品的价格会爬升得很高。我的方案就是：我们必须掷骰子决定——有个人得死去。'

"这番话说得如此平静，又如此出乎意料，我们几乎都忘了该惊跳起来。而后又是异口同声地给他提了很多建议——都是有关医疗保健方面的建议——都是有助于卡尔恢复清醒的。可他耐心地等着喧嚣平静下来，然后又继续讲述他的计划：'是这样的，我们中有个人必须死去，为了能挽救其余几个人——也为救自己。我们掷骰子来决定。中选的人的大名将会广为人知，我们所有人都会发财。保持安静，喂——保持安静，别打断我的话——

告诉你们我知道自己在说些什么，我的想法是这样的：今后的三个月里，那个该死去的人竭尽全力地作画，尽可能扩大画稿的存量——不用成稿，不必！是轮廓草图、习作、习作的某些部分、未完成的习作、每幅只刷抹几笔就够了——这样简单的几笔确实没有多大价值，可他签上了大名标明这是他的画；每天产出五十幅，每一幅上都带有明显的个人特质或者说怪癖风格——那位伟大的先生死后，这些东西是该卖掉的，诸位明白，而且将会以令人难以置信的高价收入世界各地的博物馆珍藏；我们得备好成吨的画稿——成吨的！而那段时间里我们剩下的人就忙起来养活这位垂死的先生，到巴黎，到商人中去推销——大家知道，这是为将来做的准备工作；而当一切准备就绪，炒热了的时候，我们就突然公布他死了，并且举办一场轰动天下的盛大葬礼。诸位明白我的意思了吗？'

"'唔——没有；至少，还不太……'

"'不太明白？大家没瞧出来吗？那个人并没真的死去，他改名换姓消失了，我们埋葬的是一个道具，哭的也是它，整个世界都会帮着哀悼他。而且我……'

"可等不得他说完，每个人都兴奋地鼓掌欢呼起来。大家都跳起来，在屋内雀跃不已，拍打着别人的后脖颈儿交流感激与快乐之情。我们热烈地讨论着这个伟大的计划，讨论了四个小时，却不曾有一丝饥饿的感觉；最后，每一个细节都安排合理以后，我们就掷骰子，结果米勒中选了——照我们的说法，是中选去死。而后我们设法凑拢一些宝贵的东西，人们只有为了未来的财富孤注一掷的时候才会割舍这些东西——是些零碎小纪念品或类似的东西——我们把这些当掉换回了一顿俭朴的分手晚餐与早餐，还给自己留下几个法郎做路费，给米勒留下一堆萝卜和别的东西，让他先应付几天。

“第二天清晨，一大早，我们三个倾巢出动，早饭一过立即出发了——当然是步行。每个人都随身带着十几幅米勒的小幅画作，目的是出售。卡尔到巴黎去拼杀，他要在那个伟大的日子来临之前为米勒建立知名度。克洛德和我分头行动，在法国全境四处奔走。

“啊，你知道了会很吃惊的，我们经历的是件多么轻松惬意的工作啊。在正式开展工作之前我步行了两天，我来到一座大市镇的郊区，那有一座别墅，我就对着它动笔写生——因为我瞧见别墅的业主正站在高处一个阳台上呢。他走下来瞧——我早料到他会来的。我敏捷地飞笔画着，就是打算让他一直感兴趣。他偶尔爆发出一两声赞叹，渐渐地他兴高采烈地大叫起来，还说我简直就是个大师！

“我搁下笔刷，探手到小背包里取出一幅米勒的作品，指着画角边上的签名，我骄傲地说：‘我猜您一定认出那个签名了？噢，是他教我绘画的！我早就知道自己画得不错！’

“那人像犯了错似的，表情尴尬，默然不语。我的声音透着忧伤：‘您不是真的想假装认不出弗朗索瓦兹·米勒的签名吧！’

“他当然不可能认识那个签名，可就因为这么轻轻松松一句话就让他摆脱了尴尬处境，他已经感激不尽了，极其感恩戴德。他说道：‘不！哦，真的是米勒的，绝对是！真不知道我刚才想着些什么。现在我当然认出来了。’

“接下来，他想买下这幅画，可我说尽管自己并不富有可也没穷到那种地步。不管怎么说，最终我让他以八百法郎的价钱买下了那幅小画儿。”

“八百法郎！”

“对。米勒以前情愿用它换块猪肉。是的，我用那个小东西取得了八百法郎。我希望能用八十法郎把它换回来就好了。可那个时代已经过去了。我给那人的房子画了幅相当美观的图画，而且我愿以十法郎代价转让给他，可那不合身份，因为我是这样一位巨匠的传人，所以最后卖给他一百法郎。我当即从该镇寄了八百法郎给米勒，第二天又启程去继续打拼。

“可我不用步行了——不用了。我骑马走。我从此以后都是骑马走的。我每天卖一张画，从不试着一天卖两幅，我总是对自己的主顾说：‘我把弗朗索瓦兹·米勒的画卖了，真是个傻瓜，因为那位先生活不了三个月了，等他死后，就是有无限爱心、无尽财富都换不来他的画作了。’

“我竭力把那件小事传播得远一些，让世人对那件事有点心理准备。

“卖画的计划应当归功于我——是我的主意。我在设计行动方案的最后一个晚上提出了这项建议，我们三个都赞成应当好好试试这个方案，实在不行再换别的方案。用这个策略我们三个进行得都很顺利。我步行只两天，克洛德两天——可卡尔只步行了半天，这个机灵鬼，没良心的家伙，此后他就像一位公爵一样四处周游旅行。

“每当我们遇到一位地方报纸编辑时，就会通过这家报纸发布一条消息：不是宣称一位画界新人被人们发现的消息，而是假装成无人不识弗朗索瓦兹·米勒的样子；我们从不用任何溢美之词，只寥寥写上只字片语，说说这位‘大师’当前的健康状况——有时候说好转有望，有时候又说回天乏术，可总之隐隐地暗示着对最坏消息的恐惧。我们总是把这些段落用笔勾出来，寄给所有买了我们的画的人。

“卡尔很快到了巴黎，手段相当高明。他结交驻外记者，使得有关米勒的状况的消息在英伦以至整个欧洲大陆，以至美洲，以至在全世界都广为报道。

“从开始行动算起满六周之后，我们三个人在巴黎会齐并停止行动，我们不再往家寄信给米勒要画儿了。行市如此之好，时机也都如此成熟，我们知道不必再等下去了，如果现在不趁热打铁的话，那就犯了个大错。因此我们写信通知米勒卧床，并且神速地消瘦下去，能行的话，我们希望他十天内死去。

“而后我们算了算账，发现大家一共卖掉了八十五幅小型画作以及习作，总共挣了六万九千法郎。卡尔做了最后一笔生意，也是最精彩的一笔。他把《祈祷》卖了二万二千法郎。我们好一顿夸他！——当时我们根本没料到有朝一日，法兰西会拼命想拥有这幅画，而且有一个陌生人会出价五十五万争购此画，而且是用现金交易。

“那天晚上我们享用了一顿散伙的香槟晚宴，第二天我就和克洛德打点行装出发了，回去在米勒最后的日子里在他左右照料，并且在户外奔忙，每天给卡尔拍发有关他病情的公报，以供各大洲的报纸刊载公布，让静候佳音的世界有所了解。令人痛心的最后一刻终于来临了，而卡尔也及时到场帮助我们料理最后的那场哀伤的仪式。

“你肯定记得那场盛大的葬礼，记得它给整个世界带来怎样一番震动啊，而且东西两大世界的杰出人物们又是如何赶来参加祭礼，寄托他们的哀思的。我们四个人仍然密不可分，一起抬着棺材，不让任何外人帮忙。我们这么做是理所当然的，因为棺材里只装了一个假人，别的抬棺人会从分量上看出苗头的。对了，还是我们这四个人，我们曾在一去不复返的艰苦岁月里共患难，我们抬着棺……”

“哪四个人？”

“我们四个呀——米勒也帮忙抬着他自己的棺材。是化了装的，你知道，扮作一个亲戚——是远亲。”

“惊人之举！”

“可这是实情。噢，你还记得那些画卖光了。可钱呢？我们不知拿钱干些什么。现在巴黎有个人拥有米勒的七十幅作品。他为此花了二百万法郎。至于说我们在旅途中那六周里米勒狂抹出来的一大堆草图和习作吗？噢，你要是知道我们如今卖画的价格肯定会大吃一惊的——就是那样，只要我们同意脱手就成！”

“真是个了不起的故事，空前绝后！”

“对——差不多是这么回事。”

“米勒干了什么了？”

“你能保密吗？”

“能。”

“还记得今天我叫你注意的那个人吗？那就是弗朗索瓦兹·米勒。”

“天哪……”

“上帝！对。就这么一次人们没让一位天才饿死，没再把他本该自己享有的奖金塞到旁人口袋里去。人们没有任这只会唱歌的小鸟在倾吐心声无人听的凄惨中死去，而后再给他个大型葬礼，用一场冷冰冰的仪式当作歌声的酬劳。都是我们警惕才避免了这种结局。”

奥地利的爱迪生重执教鞭

《自由报》以一整版的篇幅报道了有关简·什切潘尼克的事，他就是发明了远距离验电器[1]和其他一些非凡的科学仪器的青年发明家，他在政府的帮助下一直过着一种离奇的冒险生活。

维也纳总是恰逢其时地展示自己宜人的微笑，而这张笑脸看起来格外美丽。三四年前，那时什切潘尼克年方十九岁，也许是二十岁，在摩纳维亚地区的一座村庄里当小学校长，薪水是——我把钱数忘了，不过这没关系，这点儿事没必要记。他满脑子发明创造，忙里偷闲时就着手搞设计。不久他就完成了一项别出心裁的发明，那是用来提供花样设计的摄影术，就像纺织工业用的那种技术。通过这一设计，他计划把原有的用于纺织车间的时间、人力和金钱支出减少到几乎是零。他想把这一方案带到维也纳投放市场，可是没有获得批准，于是他也不管究竟批准不批准了，拔腿就走了一趟。这一走让他丢了饭碗，却并没赢得市场。钱花光的时候，他就回家去了，不久以后就恢复了原职。不久，他再次出走到维也纳去，这次他交了几个得力朋友，而他的发明也卖到了英国和德国，得了好大一笔钱。前三年里他一直安闲自

① 一种用来远距离观察的仪器。

在地做实验、搞研究。他最辉煌的成就就是远距离验电器，颇有几位能人——我认为，包括爱迪生先生在内——曾经满怀憧憬涉足过这种机器的研究。十五年前，曾有位法国人就快要解决这个艰深复杂的问题了，可偏偏缺少一个必要元件，最终功亏一篑，饱尝失败之苦。什切潘尼克在做花样设计方案的实验中解开了这个空缺元件的秘密。他完成了这一发明，发明由一家法国辛迪加购入，还一直留到巴黎世界博览会上予以展出，赚了大钱。

什切潘尼克作为小学校长可以免服兵役，可当他放下教鞭时，作为一个受过教育的人应该自觉地报名当一年志愿兵，可他把这事忘了，这事使他面临权利与义务的艰难抉择，他必须在军中服役三年。就在他应该服役的这段时间里，也就是在几天前，才有一位军官发现他有义务偿还“政府债务”，就想用适当的手段收账。起初那位发明家（连同政府也是）好像无路可走。官方当局不得已把这个年轻人从大实验室里弄出来，当时他在实验室里正忙于推动整个全人类走上幸福大道和科学的征服之旅。当局给他的大脑停职三年，在这段和平时期他不得不端着刺刀向空空如也的大气里练刺杀。可是兵役法摆在那儿，又有什么法子呢？这是个令人头疼的难题，不过官方当局煞费苦心要解决，终于找出一条已经让人忘在脑后的法令来，从某种角度说，它还真能堵上那个枪眼——在我看来，那枪眼可真是好大一个窟窿。拜这点好运所赐，什切潘尼克免除兵役了，可他又成为一名小学校长，左右权衡，这是个颇为光辉的职位。他每两个月必须回村去一次，给学校上半天课——从清早直到中午。而且，照我对那条成文规定的深刻理解，他在余生里都不能停止教学活动！哪怕是为了追求浪漫的诗情画意，我也希望他能坚持住。这可是投身教学工作六十六年的允诺。分析起来，他等于得到一个机会能在三百九十六个半天教书，在铁路上往返三百九十六趟，在村里付三百九十六次食宿费，同时从实验室工作中损失约一千二百天的时间——也就是说，三年零三个月左右。同理，他欠了实验室三年时光。可这一点让人忽略了。我会呼吁官方当局注意到这一点。他还可以在这种折衷方案上再找个折中方案，即入伍三年，但免一年，不过我想不太可能。该政府在对待他的问题上“惜时如金”，这在经济圈里的术语叫作“好事”，碰到好事的时候我们也知道这是件好事。我很了解那位发明家，他博得了我的同情，这就叫友情。不过我又在向政府施加影响，那就叫政治。

前天什切潘尼克服从判决，首次“服刑”，他动身前往摩拉维亚的那个小村庄。昨天清早，他乘一辆华丽的马车到学校去，车上堆满了水果、糕点、玩具和各种各样的小玩意，以及一些不常见的东西，还带去了给孩子们的一份惊喜。他在学校旁的大道上遇到一群周围地区的小学校长，他们排成一列纵队，队伍领头的是村委会成员。他受到了热情洋溢的欢迎，因为他给本村带来了赞美才有如此殊荣。三年前他逃离学校，所以学校的大门不再对他开放，这次就在那扇粗陋的大门前举行了这一欢迎仪式。正是由于这些因素才勾画出这幅浪漫的图景，浪漫主义大师哪怕倾尽全力，也无法替这样一幅没有半点虚伪的真情实景增添半点浪漫色彩了。

什切潘尼克把乏味无趣的教材放到一边，引导孩子们在连绵不绝的科学发明的沃土上尽情雀跃起舞，向他们解释自己曾呕心沥血研究的新奇事物，解释主宰着这些事物成型和工作的自然规律，并用图表、模型和其他辅助手段加以阐述，使他们对这些迷人的奇妙事物有个清晰的理解。然后是游戏，分派水果、玩具，还有其他东西，再然后，又是教授科学知识，还涉及电话发明的故事、对电话的性质和规律的讲解，因为这位“罪人”随身还带了一部电话哩。孩子们第一次见到这种奇异的东西，于是他们各自动手检验了电话的各种功能，一一予以证实。“放学了！”老师得到一张证书，上面已经都签了名，盖了图章，缴过税，类似一些手续都完备，他道声再见，在暴风雨般的“再见！”声中驾车离开孩子们。今后的日子里，孩子们又回到往日节制而严谨的生活中，直等到秋季他再来的时候，才能重新打开他的科学魔瓶。

亚当日记摘抄

星期一

留长头发的那只新生物干什么都碍手碍脚。它老是四处乱逛，还老跟着我。我不喜欢这样，我不习惯有别人跟着。我盼着它能跟别的动物待在一起就好了。……今天多云，东边有风，想是我们这儿该下雨了。(……我们？我从哪儿搞来这么个词的？——想起来了——那个新生物这么用的。)

星期二

一直考察那个大瀑布来着。我认为，这是城堡里最棒的东西了。新生物把它叫作尼亚加拉瀑布——干吗这么叫，我确信自己没听说过这个地名。说是它看起来像尼亚加拉瀑布。简直没道理，只不过是它任性胡说的。我自个儿没机会给任何东西起名字了。新生物碰见什么都给它取个名字，我连插句话、提条异议都来不及。而且总是同一句借口——它看起来像是那么个东西。比如说渡渡鸟[①]，说是一个人瞧见它的一瞬间，就会一眼看出它"外形像只渡渡鸟"。那只鸟就只好留下这个名字，没什么可怀疑的。总是为起名的事烦心真叫我厌倦，它什么好事都不干，不管怎么

① 渡渡鸟：原产于毛里求斯等岛，已于十七世纪末绝种，是一种鸽属巨鸟，性情迟钝，不会飞。

说。渡渡鸟！它看起来并不比我更像渡渡。

星期三

我搭了一个遮雨的棚子，可我没法安宁地独自享用它。那新生物硬是挤进来。我用力把它推出去的时候，它用来看东西的两个洞开始往外流水，还用它爪子背面擦掉那种水，还发出一种噪音，和别的动物伤心的时候叫的一样。我盼着它别说话就好了，它说个没完。这话听起来像是对一只可怜生物的低劣的挖苦，好像是侮辱似的，可我不是故意这么干的。以前我从来没听见过别人的声音，而且但凡是硬挤进这片梦境般幽居之中打破了这里的庄严肃静的声音，崭新的或不熟悉的声音，都让我觉得刺耳，像是假造的音调。而且这种新的声音跟我离得那么近，恰好在我肩膀的位置，恰好在我耳边，先是在一边响，而后又在另一边响，可我只习惯或多或少跟我有段距离的声音。

星期五

它还在满不在乎地继续起名字的活动，根本不管有些东西我能自己取名。我给这座城堡取了个特别好的名字，又有音乐感又可爱——叫伊甸园。私下里，我还这么称呼它，可再也没公开这么叫过。新生物说到处是森林，还有石块，还有自然风光，跟花园一点儿不像。说是它看起来像个公园，任何别的名字都不像，就像个公园。结果，它没有过问我的意见就重新命名了——叫尼亚加拉瀑布公园。对我来说，它的行为有点强加于人的意思。而且那儿已经立了块牌子：

禁止践踏草坪

我的生活不像以前那么快活了。

星期六

新生物吃了太多的水果。我们消耗得快要不够吃的了，很可能是这样。又是“我们”——是它的词，现在，听了那么多次以后，也成了我的词。今天早晨雾真大，雾天我从不一个人出动。那个新生物出去了。什么天气它都要外出，一双泥糊糊的脚就踏进来了。而后说话。以前这里是多么愉快而又宁静啊。

星期天

没精打采地混过去。今天的日子越来越没法忍受。去年十一月的时候这个日子是选出来单放一边儿用来作休息日的。以前我每周都有六天休息。今天早晨发现那只新生物试着用土块要把禁果树上的苹果打下来。

星期一

新生物说它名字叫夏娃。可以，我没意见。说是我想叫它的时候，就用这个名字叫它。然而，我说它真多余。“多余”这个词明显把我身份抬高了，不和它站在同一级别，而且这个词的确有分量，挺棒的，值得反复说。它说自己不是它，而是她。这一点很可能值得疑虑，可它对我来说还是同一个人，她是什么东西对我来说无关紧要，只要她自己走路并且不讲话就成。

星期二

她用些倒霉名字和讨厌的牌子把整个城堡弄得乱七八糟：

此路通向旋涡
此路通向山羊岛
去风洞请走此路

她说要是有顾客光临这座公园，此地就能成为一座整洁的避暑胜地。避暑胜地——她的又一项发明——只是些词语，没有什么意思。避暑胜地是什么东西？不过最好别问她，她对词语解释狂热极了。

星期五

她转过来哀求我别再去跨越瀑布群了。那有什么危险？说是这让她吓得颤抖。我想知道为什么这样，我一直这么干来着——我喜欢冒险，还有那份兴奋和清凉。我猜那是瀑布群存在的意义。我瞧不出来它们有什么别的用处，而且它们肯定是为了什么目的才创造出来的。她说它们是用来作风景的——就像犀牛和柱牙象一样。

我乘一只木桶去横渡瀑布群——这事让她不满。乘一只大澡盆——还是不满。穿件无花果叶的外套跳到旋涡与急流中游泳。衣服弄坏得很厉害。打这以后就是千篇一律地抱怨我太奢侈浪费的话。到现在她已经太过妨碍我的生活了。我需要换换环境。

星期六

上星期二夜里我逃走了，走了两天，然后在一个隐蔽的地方给自己又搭了棚子，还尽己所能把足迹抹掉，可她利用一只畜生把我找出来，她驯养过那只动物，叫它作狼，而后又开始发出那种可怜的叫声，还从她用来看的地方流出那种水来。我只得跟她回去，可有机会的话我就会立即迁走。她忙于干许多傻事，跟别的动物在一块，研究名叫狮子和老虎的那些动物干吗以花草为食，那时候，如她所说，它们长的牙齿表明它们肯定能彼此吃掉。这事真蠢，因为这么干就得杀掉对方，而且会导致，照我这么理解吧，称作“死亡”的东西，要照人家告诉我的，死亡还没进入这座公园。有些情况下，哪只该可怜呢？

星期天

没精打采混过去了。

星期一

我确信自己明白了星期是用来干吗的了：那是给你时间休

息，解除星期天的厌倦情绪的。看来是个好主意。……她又爬那果树了。扔土块把她砸下来。她说没人瞧着吗。好像没人看见就是冒险的正当理由似的。告诉她这话。正当理由这个词挑动了她的羡慕之心——我想而后还有嫉妒心。这是个好词儿。

星期二

她告诉我，她自己是用从我体内取出的一根肋骨造出来的。这事怎么也值得疑心一下，就算实在没什么问题。我一根肋骨也没丢……她为那只秃鹰操碎了心，说青草不合它胃口，恐怕没法养活，想是它有心吃腐烂的肉糊口。那只秃鹰必须靠配给的东西过活。我们不能把养活秃鹰的整套方案都打翻。

星期六

昨天她往池塘里看自个儿的倒影时，掉进水里去了，她老是去那儿照。她差点儿憋死，还说特别难受。这一来又叫她可怜起活在水里的那些动物来，她把它们叫作鱼，因为她不停地给东西加上些名字。而这些东西根本不需要，你按这样的名字叫它们，它们也不会过来，不过一点不影响她的活动，不管怎么说，她就是这么个傻瓜。因此昨天夜里她把好多鱼都捞上来，放到我床上给它们取暖，我一整天都时不时去注意、注意它们，却瞧不出它们比以前高兴多少，只不过安静多了。一到夜里我就要把它们都丢出门外去。我不能再跟它们睡在一块儿，因为我发觉它们身上黏糊糊的，一个人身上什么都没穿的时候躺在一堆鱼里真不舒服。

星期天

没精打采混过去了。

星期二

她现在又跟条蛇亲近起来。别的动物都挺高兴的，因为她总是拿它们做实验，让它们心烦；我也挺高兴的，因为那条蛇会说话，这下我可以休息休息了。

星期五

她说那条蛇建议她尝尝那棵树上的果子，还说尝了以后就得到了绝妙的、高贵的教育。我告诉她还会有别的后果——那会把死亡引入这个世界。这是个错误——本来把这话留着不说就好了；说了只不过让她想起个主意——她救得了那只得病的秃鹰了，也能给垂头丧气的狮子、老虎们喂新鲜的肉了。我劝她别碰那棵树。她说不会的。我预见到有麻烦了，我要搬家。

星期三

这几天的经历变幻多端。昨天夜里我出逃了，一整夜骑着马让它尽最快速度奔跑，盼着麻烦没开始之前能完全彻底地摆脱这座公园，藏到别的什么地方去，然而事与愿违。太阳出山之后才过了一个小时，那个时候我正骑马穿过一片开满鲜花的大平原，在那儿成千上万只动物要么在嚼着野草，要么打着盹儿，要么跟别的动物玩，都按日常习惯做自己的事儿，可转瞬间它们爆发出一阵可怖的叫喊，一眨眼工夫平原上就掀起疯狂的暴动，每一只动物都在摧残邻居。我明白这意味着什么——夏娃吃过那种果子了，而死亡也来到这个世界上。……老虎群吃掉了我的马，我让它们停止的时候连理都不理，要是我还待在那儿的话，它们得把我也吃了——我没待在那儿，而是仓皇跑掉了。……我找着这个地方，在公园外边，相当舒心地过了那么几天日子，可她把我找着了。找着我，还给这地方起名叫托纳旺达——说这儿看起来像这个名字。事实上她的到来并没让我觉得难受，因为这儿只有少得可怜的一点儿东西可拣，可她给我捎来了些苹果。我被迫吃下去，我太饿了。这么干不符合我的原则性，可我发觉只有吃得饱饱的时候原则才具有实际力量。……她是裹着一枝一枝的树叶来的，当我问起她弄这么些废物干吗，伸手把它们扯下来扔掉的时候，她嗤嗤地笑着脸红了。以前我没见过人嗤嗤地笑还脸红的样子，对我来说这似乎太不像样，像个白痴似的。她说我自个儿不久就明白这是怎么回事了。说得不错，尽管我肚中饥饿，我还是放下吃了一半儿的那只苹果——它确实是我见过的最棒的一只苹果，我考虑到季节转凉了——而后用那些丢在一旁的枝枝杈杈把自己打扮起来，而后带着几分严肃态度和她讲话，命令她去多弄点儿树枝来，别让自己成为大众奇观。她遵命去做，然后我们偷偷溜到那座野兽战场，收集了几张兽皮，我叫她拼凑出两套适合在公众场合穿的外罩来，衣服穿着不舒服，这是没错，可样子时髦漂亮，衣服不就是款式最重要吗？……我发觉她的确是个相当不错的伴儿。我明白没她的话，我得孤独一个人凄凄凉凉的，因为我把本性丢了。还有一点，她说这是命中注定，我们今后得靠劳动生存。她会有用处。我会监督指挥她。

后来的日子

她指责是我最初引起这场灾难！她态度恳切地举事实说明，那条蛇向她保证那些禁果不是苹果，是板栗。我说那时候，我是天真无知的，因为我没吃过板栗。她讲那条蛇教给她说“板栗”是个象征性术语，意思是说一个老掉牙的无聊笑话。听了这话我脸色变得苍白，因为为了混过无聊时光我开过好多玩笑，有些玩笑话开起来的时候我真的以为很新颖，可是它们应该就是这一类的。她问我有没有在一场大灾难当时开过玩笑。我只得承认跟自己是说过几句笑话，虽然声音不大。是这么回事。我正想着那些瀑布，就对自个儿说，“瞧着那片巨大的水体在那儿滚下来多壮观哪！”而后立即一个聪明的想法在我脑海里闪现，而我就任由心里的话飞出口，说：“要是看着它滚上去可就更壮观得多了！”——我为这句笑话狂笑得快背过气去了，就在这时整个自然界爆发了战争与死亡，我不得不奔波逃命。“对啦，”她用胜利的口吻说着，“就是那句话。那条蛇就恰恰讲过那个笑话，还把它称作第一板栗，还说这话是跟创世纪同时代的呢！”唉，我的确该骂。是否我根本就不聪明，哦，我本来就从没有过那样光辉灿烂的想法！

第二年

我们给它取名叫凯恩。我回故乡到伊利湖边设陷阱的时候她抓到它的①;在离我们住的洞穴两公里远，她没把握说有多远。它有一些地方和我们长得挺相像，有可能有点儿亲缘关系。这是她那么想，可要我判断就不对。身材大小上有区别，足以证明它肯定是一种不同的新型动物——可能是条鱼吧，尽管我把它放到水里瞧瞧的时候它往下沉，而后她跳到水里，不等有机会让试验出个结果就把它抓出来了。我还觉得它是条鱼，可她对它是什么东西毫不关心，而且连我试验一下都不让。我不明白这是怎么回事。这个动物的来临似乎把她的天性整个儿改变了，还让她对实验不讲道理。她替它想的比替别的任何动物想的都多，可没法说清为什么。她的大脑出乱子了——每件事都证明这一点。有时候那条鱼闹着要到水里去的时候，她就半宿抱着它。这种时候就有水从她脸上用来看东西的地方流出来，而且她会拍着那条鱼的背，嘴里还发出柔和的声音哄它，不自觉地用足有一百种表情来表达心里的痛苦和担忧。我从没见她对别的鱼这么关心，这让我特别烦恼。她以前这个样子抱着小老虎到处走，和它们游戏，是在我们失去本性以前的事，可也只是游戏而已，她没这样在它们吃饭不合口味的时候抱着它们到处遛。

星期天

整个星期天她不干活儿，而是全身精疲力竭地倒着，还喜欢让那条鱼在她身上翻过来、滚过去；她还发出傻兮兮的声音逗它

① 原文 catch 有怀孕与抓获两种意思。

高兴，假装要啃它的爪子，这些把戏把它逗得大笑起来。我以前从没见过会笑的鱼，这让我疑心起来。……我自己已经变得喜欢起星期天来了。整整一周监督周围的事情原来能让人这么累啊。应该再多几个星期天才好。以往日子里星期天不好熬，可如今变得让人觉着有它方便多了。

星期三

它不是条鱼。我还认不清它到底是个什么东西，它不满足的时候就发出一种新奇可怕的声音，满意的时候就“咕咕”地说话。它不是我们家的一员，因为它不会走路；它不是鸟，因为它不会飞；它不是青蛙，因为它不会蹦；它不是蛇，因为它不会爬；我觉得有把握说它不是鱼，尽管我找不着机会发现它是不是会游水。它光是躺着，大多数时候仰面朝天躺着，把脚跷得高高的。我以前从没见过别的动物这么待着。我相信它是一个谜；可她光羡慕我说的“谜”这个字，根本不懂这词是什么意思。照我判断它要么是个谜，要么就是某种昆虫。要是它死了，我就把它撕开瞧瞧它是哪类动物。我还从没遇到什么东西让我这么困惑。

三个月之后

这种困惑一点儿没消失，反而增长了。我睡得很少。它已经不再躺着了，现在用四条腿到处走了。可它跟其他四条腿的动物不一样，因为它前腿短得不正常，结果这一来，它的身体不太自在地翘在空中，而且这并不漂亮。它的体格跟我们挺像，可它走路的方式表明它可不是我们的家族一员。短短的前腿跟长长的后腿都暗示着它是袋鼠家族成员，可它明显是这种动物的变种，因为真袋鼠会蹦会跳，然而这一只从没蹦过。可它仍然是个新鲜、有意思的品种，而且以前从没归过类。因为是我发现这一点的，我自觉有理由把自己的名字跟它拉上关系，以便保护这份功劳，于是从此往后把它叫作亚当氏奇形袋鼠。……它到这儿来时肯定挺幼小的，因为打那儿以后它的成长极度迅速。现在它肯定有原先五倍那么大，还有不满意的时候大喊大叫的声量也有最初的二十二到二十八倍高，要是采用高压手段肯定没法压制住它，效果会正好相反。为此我才放弃了高压手段。她用劝说方式安抚它，还把原先告诉它不能给的东西给了它，来让它心满意足。前边说过，它第一次来的时候我没在家，她告诉我在树林里能找到。看来这事太奇怪了，兴许世上只有这么一只，肯定是这么回事，因为我用了好几个星期，我竭尽全力想再找着一只做自己的收藏品，也给这一只添个玩伴儿；肯定那样它能安静点，我们驯养它也容易得多。可我一只也没发现，连脚印都没找到，最奇怪的就是没有脚印。不管怎么说它肯定是在陆地上生活的，总不能老待在一个地方。因此，怎么可能到处走都一点儿痕迹都没留下呢？我设过十几个陷阱，可一点儿用处都没有。无论什么小动物我都抓得着，就是抓不着那种动物。动物们只不过出于好奇就掉到陷阱里了，我想它们是想瞧瞧奶放那儿是干吗的。它们从没喝过。

三个月后

那只袋鼠还在继续长大，这事太奇怪，太让人糊涂了。我从不知道哪种动物的成长能维持这么久的。现在它头上有毛发了；不像是袋鼠的毛皮，可跟我们的特别相像，只不过它的更细致更柔软，不是黑色的而是红的。那只让人没法归类的奇形怪状的小动物任性又折磨人，看着它的成长我都快发狂了。要是我能再抓住一只——可这事没什么希望，它是一种新品种，而且是唯一样品，这是显而易见的。不过我抓着一只绝种袋鼠，还把它带回家了，想着这一只孤苦伶仃的，肯定宁愿有那只玩伴儿，也不想完全没有亲眷。估计它也宁愿有谁能让自己觉得亲近；处在不了解自己生活方式和习惯的陌生人中间是很凄凉无助的，要是能得到点儿同情也好；我能替它找个伴，让它觉得有个朋友也好；可这回又错了——它一瞧见袋鼠就惊得晕了过去，这回我深信它以前从没见过袋鼠。我可怜那只吵吵嚷嚷的小动物，可我没什么法子让它快活起来。要是能驯服它就好了——可这事根本谈不上；我越是努力结果就越差劲。瞧着它爆发小小的哀痛和冲动时让我伤心透了。我想放它去吧，可她根本不听。这根本不像她的性格，太残忍了，不过她可能没错，它可能会比以前更孤独，因为连我都没法再找到另一只，它怎么找得到呢？

五个月后

它不是只袋鼠。不对，因为它能抓着她的手指扶住自己，并且保持这个姿势靠后腿走上几步，然后就摔倒下来。它极可能是某种熊类动物，可它没有尾巴——还没——没有毛发，除了头上有点儿。它仍然不断长大，——这是很新奇的情况，因为熊比它长大要早。熊是有危险性的——自打我们的那场大灾难以后——她让这只熊不戴嚼子到处爬，再多一会儿也让我不满意了。我曾提议如果她肯放这只走，我就给她逮只袋鼠来，可一点儿效果都没有——我想她是下定决心要让我们陷入各种各样的危险境地了。她发疯以前可不是这副样子。

两周以后

我检查了它的嘴巴。还没危险：它只长了一颗牙，还是没长尾巴。它现在比以往叫嚷的次数更多了——还多数情况在夜间。我搬出来住了。可清晨我会回去吃早饭，再看看它有没有长牙。要是它长了满口的牙，就到它走路的时候了，不管尾巴长没长，因为一只熊要想对人有威胁不是非得有尾巴。

四个月之后

我出去打猎、捉鱼去了一个月，是到她叫作野牛滩的地方，我不明白为什么叫这个名字，除非就因为那儿一只野牛也没有。

这段时间那只熊不但会自己独立用后腿吧嗒吧嗒地到处走，还会讲“爸爸”和“妈妈”了。它显然是个新品种。这种准词汇可能纯属偶然，当然是这样，而且可能根本毫无目的毫无意义，可在这种情况下它仍旧与众不同，这事别的熊都做不到。这种语言模仿能力，再加上基本没有毛，还有根本不长尾巴都表明它是熊类的一个新品种。进一步研究它会格外有意思。这段时间里我要出发到北边森林里进行远程探险，充分彻底地搜索一遍。肯定在什么地方还有那么一只，那这只和它自己同种的动物做伴儿以后就能少点儿危险性。我马上就出发，可我得先给这只戴上嚼子。

三个月后

这次出猎乏味透了，乏味透了，我还是一无所获。在这段时间里，她足不出户就又逮着了一只！我从没碰到这种好运气。我可能已经在这些森林里打猎打过一百年了，也从没碰到这类事情。

第二天

我把新的这只跟原来那只比了比，显而易见的是它们属于同一种血统。我想要把其中一只豢养起来做自己的收藏品，可她出于某种原因或者别的什么理由对我有偏见，不同意，这样我只得作罢，尽管我觉得这个主意本来就是个错误。要是它们跑掉就会是对科学的无可挽回的损失。大一点儿那只比以前驯服多了，还能笑，能像鹦鹉那样学舌，没问题，肯定是学来的，它跟鹦鹉在一块儿待过那么久，而且它还具备高度发达的模仿能力。要是它最终变成一种新品种的鹦鹉我就太惊诧了。可我不该吃惊，因为从它当鱼的那些最初的日子算起，就当过我能想出来的每一种动物了。新来的这只现在跟大一点儿的那只最初的样子一样难看；有相同的黄绿色、混着生肉色的肤色，还有同样一只脑袋，头上没有毛。她叫它作埃布尔。

十年以后

它们都是男孩子。很早以前我们就发现这点了。让我们一直困惑不解是因为他们当年身躯幼小不成熟，以前我们不习惯这事。现在还有几个女孩儿。埃布尔是个好小伙子，可要是凯恩还是只熊的话，就能让他进化点儿。这么多年过去了，我明白自己开始误会夏娃了，跟她在一块儿住在花园外边比没有她住在园内要棒多了。起初我认为她讲话太多了，可现在要是那声音沉静下来，走出我的生命的话我会很难过的。祝福那棵把我们带到一起并告诉我她的心肠是多么美好、她的心灵是多么甜蜜的那棵板栗树吧！

死亡赌博

本文题目与卡莱尔著作《奥利弗·克伦威尔书信与讲演集》所提到者纯属巧合。

——马克·吐温

一

故事发生在奥利弗·克伦威尔时代。梅费尔上校是在联邦部队同一级的军官中最年轻的一位，当时他年仅三十岁。尽管年纪不大，他可是位老兵了，他皮肤黝黑，疲于征战之苦，因为他自从十七岁就开始了军旅生涯；他参加过许多战斗，由于在战场上的英勇表现，他逐步赢得了崇高地位，也获得了士兵们的无上钦佩。只是如今他卷入了一场风波，一重阴影笼罩了他的锦绣前程。

冬季的那个夜晚来临了，门外风雪交加，一片漆黑，室内寂静无声，令人伤感。上校和他年轻的妻子已经把那件伤心事彻底谈透了，晚间该诵读的《圣经》章节读过了，晚祷也做完了，两人再没什么事可做，只能手牵着手盯住火焰，思考——等待。他们不必等得太久，夫妻俩都清楚，妻子一想到这儿不禁战栗起来。

他们有个小孩——名叫艾比，七岁了，是他们俩的小宝贝。不一会儿她就会来这儿道晚安，亲亲爸爸妈妈，于是上校开口说：“为了她，把眼泪擦掉，我们得让她看高高兴兴的样子，我们必须暂时忘掉会发生些什么事。”

“好吧，我会把这事封存在心里，这真让人心碎。”

“我们得接受上天的安排，耐心忍受，因为我们知道上帝无论做些什么都是正确的，而且慈悲为怀……”

“哎，就照上帝的意志去做吧，好吧，我会全心全意这样讲——要是我能真心实意讲出来的话，我会这么讲。哦，但愿我做得到！要是我还能最后一次拥抱亲吻那只可爱的小手……”

“嘘！甜心，她来了！”

一个满头卷毛儿的小人儿穿着睡衣偷偷溜进门来，她冲向父亲。他把孩子抱到怀里，热情地吻着，一下，两下，三下。

“哇，爸爸，不许这样儿亲我：你把我的头发弄乱了。”

“哦，真抱歉——真抱歉，亲爱的，能原谅我吗？”

“喂，当然能，爸爸。可你真的觉得抱歉吗？——不是装的，而是真的，的的确确很抱歉吗？”

“好吧，你可以自己判断判断，艾比。”他用双掌蒙住脸，假装抽抽搭搭地。孩子眼瞧见自己造成这么悲惨的后果，心里满是后悔，于是她自个儿也哭起来，还使劲拉着爸爸的手说：

“哦，别这样，爸爸，请你别哭嘛，艾比不是故意的，艾比再也不这么做了。求你，爸爸！”她又扒又扭，掰开爸爸的手指，瞧见那后面一只眼睛飞快地一眨巴，她叫起来：“哇，你这淘气的爸爸，你根本没哭！你骗我！艾比现在要找妈妈去了，你对艾比不好。”

她打算爬下去，可父亲用双臂抱住她，说：“别，跟我在一块儿吧，亲爱的，爸爸真是淘气，爸爸认错，爸爸抱歉——好啦，让他把眼泪儿亲掉——他求艾比原谅，无论艾比要他做什么事他都会办到，拿这惩罚他；现在眼泪儿都亲没了，一个小卷毛也不乱了——不管艾比命令干什么……”

于是和解了。这一会儿时间里阳光又回到屋里，在孩子脸上光灿灿地闪亮，她拍着父亲的面颊，提出惩罚的名目来——“讲个故事！讲个故事！”

听！

两个大人屏住呼吸，侧耳倾听。脚步声！在阵阵风声中隐约可辨。脚步声近了，更近了——沉重了，更沉重了——而后从此经过，渐渐消逝了。大人们松了一口气，长长地喘息着，爸爸说：“要听故事，是不是？高兴的故事？”

“不，爸爸，难过的故事。”

爸爸想要换成高兴的那类，可孩子坚持自己的权利——就像说好的那样，她就要自己应得的东西。父亲是信守清教的优秀军人，他已经宣过誓了——他瞧出来自己必须讲个好听的故事。艾比说：“爸爸，我们不能总是讲高兴的故事，保育员说人们不会总是高高兴兴的。是真的吗？爸爸，她是这么说的。”

妈妈叹了口气，思绪又飘回到那段麻烦事上去了。爸爸温和地说：“是真的，亲爱的，麻烦肯定会有，真不幸，不过这是事实。”

“哦，那就讲个麻烦的故事，爸爸——一个难过的故事，这样我们就会直打哆嗦，觉得就像是我们自己似的。妈妈，靠过来近点儿，抓住艾比一只手，这样要是故事太让人难过了，我们就容易忍住点儿，你知道，只要我们都紧紧靠在一块儿就成。现在，爸爸你可以开始讲啦。”

“好吧，从前哪，有那么三位上校……”

“哦，太好啦！我可认识上校，太容易了！那是因为你就是一个，而且我还认识那种服装。接着讲，爸爸。”

父母俩人几乎笑起来，然后父亲回答道：

“不是，完全是另一回事，他们没有服从命令。”

“那又是什么……”

“他们受命佯攻一座强大的阵地，假作溃败，这样可以拖住敌军，让联邦军队有机会撤退。可是他们头脑热情僭越了命令，他们把佯攻改变为实打，在狂风骤雨中拿下了阵地，赢得了时间，也打赢了那场战役。陆军上将阁下对他们不服从命令非常恼火，他高度赞扬了他们三个，同时命令他们到伦敦等候宣判死刑。”

“是不是伟大的克伦威尔将军，爸爸？”

“是他。”

“哦，我见过他，爸爸！而且他骑着大马，带着士兵，那么神气地从我们家门口过的时候，看上去他非常——非常——呀，我不知道怎么说好，只不过他好像不太满意似的，而且你能看得出人人怕他。我可不怕他，因为他不那样朝我看。”

“哦，你这个可爱的小家伙儿！啊，上校们到伦敦来做囚犯，凭他们的名誉准许他们出狱回家最后探望一下家人……”

听！

他们侧耳倾听。又是脚步声，不过又走过去了。妈妈把头斜靠在丈夫肩头，掩藏起面上的苍白。

“他们今天早晨就到。”

孩子的眼睛睁大了。

“哇，爸爸！这是个真实故事吧？”

“对，亲爱的。”

“哦，多棒啊！哦，从没有比这更好的故事了！接着讲，爸爸。哇，妈妈！——亲爱的妈妈，你哭了？”

“别哭，妈妈，最后肯定没关系——你瞧着吧，故事总是这样。接着讲，爸爸，他们到什么地方去从此过上幸福的生活了，那妈妈就不会再哭了。你瞧着吧，妈妈。接着讲啊，爸爸。”

“首先，放他们回家前，把他们都带到了伦敦塔上。”

“哦，我知道伦敦塔！从这儿我们能瞧得见。接着讲，爸爸。”

“既然这样，我就尽可能接着讲下去了。在塔上军事法庭用了一个小时审判他们，认为他们有罪，判决执行枪决。”

“叫人杀死，爸爸？”

“是的。”

“哦，多淘气啊！亲爱的妈妈，你又哭了。别哭，妈妈，就快到好结局了——你瞧着吧，爸爸，为了妈妈快讲啊，你讲得太慢了。”

“我知道不够，可我猜那是因为我有那么多次得停下来想一想。”

“你不可以这样，爸爸，你必须马上讲下去。”

“那，好吧。三位上校……”

“你认识他们吗？爸爸。”

“是的，亲爱的。”

“哦，我希望我认识！我爱上校。你觉得，他们会让我亲亲他们吗？”

上校答话时声音稍微有点儿古怪：“他们中有一个会让的，我亲爱的！来，为他亲亲我吧。”

“来爸爸——这两下是给另外两个人。我想他们会让我亲他们的，爸爸，因为我会说，‘我爸爸也是个上校，而且很勇敢，他也会像你们这么做的，所以不会有错，不管那些人怎么说，你一丁点儿也用不着羞耻。’那他们就会让啦，——是吗，爸爸？”

“上帝知道他们会这样，孩子！”

“妈妈！——哦，妈妈，不许这样。他就快讲到好的地方了，接着讲，爸爸。”

“后来，有些人很内疚——他们都内疚，我指的是军事法庭的人。他们到将军阁下那里说自己完成任务了——因为这的确是他们的任务，你知道——现在他们恳求能不能饶了两位上校只枪毙其余一位。他们认为，杀一个已经足够警戒全军的了。可将军阁下非常严厉，还训斥他们由于完成了自己的任务就失掉了理智，说他们想骗他好少干点儿，这样会玷污他的军人名誉。可他们回答说，如果自己身处高位，手握重权，可以对人施加慈悲，连自己都不干的事情是绝不会要求他去做的。这些话打动了他，他停了停，站在那儿想来想去，脸上严峻的表情缓和了些。不一会儿他叫他们等着，自己退到密室里做祷告寻求上帝的指示。他回来的时候说道：'他们可以掷骰子，这就能决定了，有两个人可以活下来。'"

"他们掷了吗，爸爸，掷了吗？哪个人得死？——啊，那个不幸的人！"

"不，他们拒绝了。"

"他们不愿意做吗，爸爸？"

"不。"

"为什么？"

"他们说，抓到那颗致命的蚕豆的那个人该算是通过自愿行为宣判了自己死刑，而无论你怎么讲都只能称之为自杀。他们说自己是基督徒，《圣经》上严禁人们剥夺自己的生命。人们把这话带回去了，说他们三个心里有所准备——实施法庭的判决吧。"

"那是什么意思，爸爸？"

"他们——他们都会被枪决。"

听！

是风声吗？不。轱——轱——轱——辘——辘——辘——隆——咚，辘——辘——辘——隆——咚——

"开门——将军阁下的命令！"

"哦，太好了，爸爸，是士兵！——我喜欢士兵！让我请他们进来吧，爸爸让我去！”

她跳下来，蹦蹦跳跳跑到门边拉开门，兴高采烈地叫起来：“进来吧，进来吧！是他们，爸爸！是掷弹兵！我知道掷弹兵！”

士兵成一列纵队走进屋，肩上扛着枪排成一条直线，军官举手敬礼，厄运已然注定的上校笔直站起回礼。那位军人的妻子站在他身旁，面色苍白，表情中透露出内心的痛苦，然而没有更多的迹象表露出她的悲哀。孩子眼睛忽闪忽闪地盯着这一场面……

父亲、母亲和孩子久久地拥抱在一起。而后是命令，“去伦敦塔——前进！”然后上校踏着军人的步伐，以军人的风度迈步前进走出家门，士兵队伍跟随其后，门关上了。

“哦，妈妈，结尾不是很美吗！我告诉过你会这样，他们要去伦敦塔了，他就能瞧见他们了！他……”

“哦，到我怀里来，你这个天真的小可怜！”

二

第二天清晨，饱受惊吓折磨的母亲起不来床了，医生们和护士们在她身边观察着，不时地聚在一起小声低语。他们不让艾比待在这间屋里，告诉她去跑跑、去玩玩——妈妈病得很厉害。孩子叫人用冬装包裹好就出门到街上玩了一会儿，然后她忽然想起有件事儿很奇怪，而且不正常：这样的时间里，她的爸爸可以待在塔里而不为人所知。这件事一定得补救一下，她得亲自去瞧瞧。

一个小时之后，军事法庭成员被引到将军阁下面前，将军笔直而严厉地挺立着，双膝顶在桌子上，表示他已经准备好听他们说话了。发言人说：“我们已经敦促过他们重新考虑此事，我们恳求过他们，然而他们坚持己见。他们不肯掷骰子。他们乐于赴死，却不愿令自己的宗教蒙耻。”

护国公[①]脸色阴沉下来，然而他一语不发，想了一会儿后他说：“他们不会全都死掉，必须找人替他们掷骰子。”感恩的光芒在法庭成员们的脸上闪耀着。“把他们叫来，把他们安置在那边那间屋子里。叫他们肩并肩面壁站立，手腕十字交叉背在背后。把他们带到那儿以后通知我。”

人走光了的时候他坐下来，不一会儿对助手发布命令说：“去，把从此经过的第一个小孩子给我带来。”

那人几乎没离开门口就转回来了——牵着艾比的手领她进来，她的外套上沾了点儿细细的雪粉。她直奔这位政府首脑而去，那是位令人生畏的要人，每逢提到他的名字就会让地球上的公侯权贵们为之战栗。她爬到将军的腿上，说：“我认识你，先生，你是将军阁下，我看到过你，你路过我家房子的时候我见到你了。每个人都害怕，可是我不怕，因为你没有生气地朝我看，你记得，是吧？我穿着红外套——前面有蓝色的穗子垂下来。难道你不记得吗？”

一丝微笑让护国公脸上严峻的线条柔和了一些，他开始努力运用外交措辞回答说：“哦，让我想想——我……”

“我就站在屋子前面——我家的，屋子，你知道。”

“是吗，你这个可爱的小东西，我真该羞愧，可你知道……”

孩子满心责备地插话说：

“你现在都不记得了。哇，我可没把你忘掉啊。”

“我现在真是惭愧啊，可我以后再也不会忘掉你了，亲爱的，我向你发誓。你会原谅我了吧，是吗？还和我做好朋友，一直做

---

① 指十七世纪英国共和国时代的摄政者克伦威尔。

下去，永远做朋友，是吗？”

“是的，我的确会的，尽管我还是不明白。你怎么会忘掉的，你肯定特别健忘。可我也这样，有时候是。一点儿问题也没有，我能原谅你，因为我知道你的确打算当好人、做好事的，而且我认为你正和我说的一样这么热心——可你一定得把我再抱紧点儿，像爸爸抱得那样——我冷。”

“我会抱你抱得让你满意的，我新交的小朋友，以后就拿我当老朋友了吧，是不是？你让我想起自己的小女儿——现在她已经不小了——但小时候她又可爱又甜蜜，长得秀丽可人，就像你一样。她拥有和你一样的魔力，小巫师——那魔力就是你那副对朋友和对陌生人都一样的甜蜜的自信心，它能战胜一切。你珍贵的问候降临在谁头上，谁都会心甘情愿为你做奴隶。以前她常常躲在我怀里，就像你现在这样；也常常用魔法消除我的疲惫消沉，把它们从我心里赶出来给我带来平和安静的心情，就和你现在一样，我俩是朋友，地位平等，还是一块玩儿的好伙伴儿。那是好多年前的事啦，从那以后欢乐的天堂渐渐减色，最终消失了，可你又把天堂带回来了。——接受一个重任在肩的人的祝福吧，你这个小东西，我休息的时候是你肩负着英格兰的重担！”

“你是不是非常，非常，非常地爱她？”

“啊，你可以自己判断，你瞧：只要是她下的命令，我全都从命！”

“我觉得你真可爱！你能亲亲我吗？”

“感激不尽——这是我的特殊荣幸。这边儿——这个给你；这边儿——这个给她。你做了个请求，你本来可以下个命令的，因为你代表着她，你下的命令我都必须服从。”

想着两人的友情增进了那么多，孩子兴高采烈地拍起小手——而后耳朵里就听到一阵逐渐走近的声响：那是士兵们整齐的前进步伐。

“士兵！——是士兵，将军阁下！艾比想看看他们！”

“可以，亲爱的，不过稍等一下，我要授予你一项代理权。”

一位军官进门来，深深地一鞠躬说，“他们来了，殿下。”他又鞠了一躬，退了出去。

这位国家首脑把三块小小的火漆圆盘交给艾比：两块白色的，一块浅红色的——这一块的使命是把死亡带给命中注定该死去的那位上校。

“哦，红的多漂亮啊！这些是给我的吗？”

“不是，亲爱的，是给别人的。掀起墙角的帘子，在那边，那儿藏着一扇门，走过去，你就能瞧见有三个人站成一排，他们都背朝着你，手背在身后——这样——每个人都张开一只手掌，摊开成一只杯子的样子。把这些东西每只手里放一块，然后回到我这儿来。”

艾比消失在帘子背后，护国公又是一个人待着了。他虔诚地说：“这个好主意来自上帝，它的确是在我苦恼困惑的时候跑到我头脑中来的，在人们处于困境，不得不寻求上帝的时候，上帝永远会随时给予帮助。上帝知道应该怎样选择，他用不违反常理的方式送来消息，实现他的意志。别人会出错，但上帝不会。上帝的做法多么精彩，多么明智——赞美上帝神圣之名！”

那位小仙女在身后垂下门帘，站在那儿好奇不已地研究了一下这座死亡之屋里面的家具，又观察了一下士兵们和囚徒们僵直的身形。她的脸上闪着快乐的光，对自己说：“哇，有一个是爸爸！我认识他的后背。我要给他最漂亮的那个！”她欢快轻松地跑过去，把圆盘投到张开的手掌中，然后在父亲臂膀下方向四处偷偷瞅了瞅，仰起欢笑的小脸大叫着：“爸爸！爸爸！瞧瞧你拿到了什么。是我给你的！”

他瞥了瞥这个置人于死地的礼物，而后蹲下身，满怀极度的宠爱与遗憾的痛苦把小刽子手拥到怀里。士兵、军官、获释的囚犯们一时间全都呆立当场，眼瞧着这幕巨大的悲剧。不幸的图景折磨着他们的心，让他们热泪盈眶，终于不觉羞愧地落泪了。一时间人们哑口无言，室内肃穆无声。而后士兵官长不情愿地挪过来，触摸了一下囚犯的肩头，轻柔地说："我很痛心，先生，然而我的职责命令我这样做。"

"命令做什么？"孩子问道。

"我必须把他带走，我非常抱歉。"

"带走他？到哪儿？"

"到——到——上帝帮助我！——到要塞的另一边去。"

"你不能这么做，妈妈病了，我要带他回家。"她挣开父亲的怀抱，爬上父亲后背，用手臂抱住他的脖子。"艾比现在准备好了，爸爸——走吧。"

"可怜的孩子，我不能，我必须跟他们去。"

孩子跳到地上，朝四周不解地望着。而后她跑到军官面前站住，义愤填膺地跺着小脚，大叫起来："我已经告诉你了妈妈病了，可能你听着了。让他走吧——你一定得让他走！"

"哦，可怜的孩子，老天，我能就好了，可我的确必须带走他。卫兵，立正！……集合！……枪上肩！"

艾比跑了——快得像一道光，不一会儿她就拖着将军阁下的手回来了。眼见这副令人生畏的情景，当场所有的人都挺直身板儿，军官们敬礼，士兵们举枪致敬。

"叫他们停下，先生，妈妈病了，要我爸爸，我已经告诉过他们了，可他们根本不听我的话，还要带走他。"

将军阁下站立在那儿仿佛茫然无措了。

"你的爸爸，孩子？他是你爸爸？"

“哇，当然是啦——他一直是。我这么爱他，那个漂亮的红色的一个我会给别人吗？绝不！”

护国公脸上腾起一副震惊的表情：“哦，上帝帮帮我！我中了撒旦的奸计，我做了一件世上最残忍的事情——而且毫无对策，毫无对策！我该怎么办？”

艾比叫起来，满心的不快与不耐烦：“哇，你可以叫他们放他走吗？！”她开始抽泣起来，“叫他们这么做呀！是你叫我发命令，可现在我才第一次要你做这件事你都不干！”

温柔的光彩落到将军满是皱纹的脸上，他把手放在小暴君头顶，说道：“感谢上帝，偶然保留了这项未经思考的许诺，而你蒙上帝启发，提醒我自己已经忘怀的誓言，哦，举世无双的孩子！军官，遵照她的命令——她在代我发言。这名囚犯获得赦免，释放他！”

案中案

第一部

永远别在众目睽睽之下犯罪

第一章

故事的第一幕发生在弗吉尼亚州的乡村里，时间是1880年。这里举行过一次婚礼，一方是位相貌英俊但收入微薄的年轻人，一方是位富有的少女——两人一见钟情，仓促成婚。然而这段婚事遭到了女孩儿父亲的极力反对。

新郎雅各·富勒当年二十六岁，他的家族虽然历史悠远，却不值一提。詹姆士国王为了增加囊中收入，把这一家族赶出塞奇莫尔平原[①]。1685年蒙默斯率领的试图夺取王位的农民军在此被詹姆斯一世国王的军队彻底击溃。他们被迫迁居到这里。大家都这样传说：有些人是出于恶意，有些人只不过是盲目听信了而已。新娘芳龄十九，美丽动人。她浪漫热情、多愁善感，对自己身为保皇党党员之后感到无比自豪，她狂热地爱着自己年轻的丈夫。为了这份爱，她胆敢触怒父亲，忍受他的斥责，听着他警告自己

① 英格兰西南部的一个平原。

这段婚事不会幸福，而爱的信念却毫不动摇。她不等得到父亲的祝福就离开了家园，以此来证实自己的爱，她感到自豪而快乐，因为这份爱已在她心中扎根了。

婚后第二天清晨，一件意想不到的不幸降临在她身上，丈夫不再像她所喜爱的那样拥抱爱抚她，却说："坐下，我有事儿和你讲。我爱过你，可那是请求你父亲把你嫁给我之前的事。他的拒绝并没让我感到痛苦——那我能忍受得了。可他怎么朝你评论我的，就完全是另一码事了。喂，——你用不着开口，我很清楚自己在说什么，我有可靠来源知道了这些话。另外还有些话：他说过我的性格都写在脸上，说我不可靠，是个伪君子，是个毫无同情心、毫无慈悲心肠的畜生。他把这些称作'塞奇莫尔平原的商标'，还称作'白袖管标志'。其他男人处在我的地位上，早就冲进他家，就像杀一条狗一样把他打死。我也想这么干，有心这么干，可我又想出了更妙的主意：我要让他蒙受耻辱，让他心碎，让他一寸一寸地死掉。我怎么办呢？我就要虐待你，他的心肝宝贝！我得先和你结婚，然后再——耐心等着瞧吧。你瞧着好啦。"

从那时刻起，一连三个月年轻的妻子忍受了无数羞耻、无数凌辱、各种不幸的遭遇，只要这位勤勉而富于创造力的丈夫所能谋划出来的，只除了身体上的伤害，她都受过来了。强烈的自尊心支撑着她，让她一直保守秘密。丈夫时不时要问："你为什么不回你父亲那儿去告诉他？"再然后就会发明出一种新的方式折磨她，然后再问。她总是回答："从我口中他永远不会知道这事。"并且嘲笑他的血统出身。她说自己是位奴隶后裔的合法奴隶，必须顺从，也会顺从他——顺从到某一程度，就再没法更进一步顺从了；说如果他乐意，可以把自己杀掉，但他无法让自己屈服；只不过杀人可不是塞奇莫尔血统的特性。三个月之后，他态度阴沉地说道："除了一种方式，各种方式我都试过了。"——

他等着她的回答。“动手吧，”她说，轻蔑地翘起嘴角。

当天夜里他半夜起床穿上衣服，对她说：“起床，穿上衣服。”

她从命起床——像以往一样一言不发。他带着妻子走出半里路，继而用鞭子抽打着她来到公路边一棵大树下将她绑在树上。他终于达到目的了，妻子尖叫着，挣扎着。他堵住妻子的嘴，用牛皮鞭横扫过她的脸，唆使警犬扑到她身上。狗把她的衣服都撕扯了下来，叫她一丝不挂。他把狗叫回来，说：“过路的行人会发现你的，三个小时以后就会有人从这儿经过，也会把消息传开——听见了吗？再见！这是你见我的最后一面。”

说完他走了。妻子呜咽着自语道：“我要生个男孩——替他生一个！上帝保佑一定要是个男孩儿。”

不久农夫们把她解下来——消息也传开了，这是自然而然的。他们在村里提议私刑处置他，然而鸟儿已经飞走了。年轻的妻子把自己关在父亲家里，父亲则把自己和她关在一起，从此不肯再见任何人。他的自尊被粉碎了，他的心也伤透了，这样日复一日，月复一月，他渐渐消瘦下去。当死神终于把他救出苦海的时候，就连他的女儿也替他高兴呢。

后来她卖掉了庄园，没有人知道她去了哪里。

第二章

1886年一位少妇只带着一名五六岁的小男孩，住在新英格兰一座与世隔绝的小村庄里，房子很朴素，没有其他人陪她。自己的事儿她都亲自动手，拒绝与人交往，一个熟人也没有。做过她家生意的屠夫、面包师，还有其他人，除了知道她姓斯蒂尔曼，她把那孩子叫作阿尔奇以外，再也没有什么消息可以告诉村民们了。大家查不出她到底是从什么地方来的，不过都说听她讲话像是个南方人。那孩子没有玩伴儿，没有朋友，教师也没有，只有母亲。她理智而孜孜不倦地教育着孩子，对自己的教育成果颇感满意——甚至有点儿为之骄傲。有一天阿尔奇说："妈妈，我是不是和别的孩子不一样？"

"噢，我想不会吧，怎么啦？"

"有个孩子在门外走过，她问我邮递员有没有路过这里，我说是的。她又问我瞧见那人以后过了多久了，我说我根本没见到他。她问那么我是怎么知道他来过的，我说我在人行道上闻出他的味道了。她就骂我是蠢货，还冲我做鬼脸。她干吗这么做？"

少妇的脸色苍白了，她对自己说："这是生来的记号！他体内藏着警犬的天赋。"她一把把孩子揽在胸前，情绪激动地紧紧拥抱着他说："上帝已经指定方向了！"她的双眼中燃烧着熊熊烈火，兴奋得呼吸都急促了。她自言自语道："谜底解开了，多少次这孩子能在黑暗中做常人做不到的事，这事一直让我难以理解，可现在一切都清楚了。"

她把孩子放在他自己的小椅子上，说："一会儿我就回来，亲爱的，然后我们再谈这件事。"

她走回自己的房间，从梳妆台上取了几样小东西，藏得不见踪迹：一把指甲锉藏在床下的地板上；一把指甲剪藏在镜台底下；一把象牙制的小裁纸刀藏在衣橱底下。然后她回去，说道："哎哟！我忘了带几样东西，本该拿下楼来的。"她报出这几样的名称，说："跑上去拿下来，亲爱的。"

孩子赶快跑去办自己的差事，不一会儿就带着这几件东西回来了。

"找得费事儿吗，亲爱的？"

“不，妈妈，我只不过到你去过的地方去了一遭。”

孩子不在眼前的时候，她曾经踱到书架那儿，从底层取出几本书，每本都打开，用手掌抚过某一页纸，把这一页的页码记在心里，然后再把书放回原位。这时她说：

“你出去的时候我做了几件事，阿尔奇，你觉得自己能找出是些什么事吗？”

孩子走到书架前，取出碰过的那几本书，再打开到抚摩过的那一页。

母亲把他抱到腿上，说：“现在我可以回答你的提问了，亲爱的。我发现在某一方面你非常与众不同。你在黑暗中能看见东西，能嗅到别人闻不到的气息，你具有警犬的天赋。拥有这些能力是美妙的，也很有价值，可你必须保守这个秘密。如果人们发觉了这件事，他们会拿你当作一个古怪的孩子、奇特的孩子来谈论，孩子们就会跟你不和，还要给你起外号。在这个世上，一个人要是不想激起外人的嘲弄，或是嫉妒，或是猜忌的话，就必须和旁人一模一样。你的与生俱来的天分是优秀不凡的！我很高兴，可是为了妈妈，你得保守秘密，是不是？”

孩子还不理解，可是作了保证。

这一天余下的时间里，母亲的大脑兴奋地忙着想事儿，忙着制订计划、方案和进程，每一条每一项都不可思议，冷酷无情而且阴暗邪恶。然而她为此脸上泛出光彩，那是这些计划本身可怕的光芒，是来自地狱的零星火焰。她处在狂热的不安中，站不住，坐不住，读不进去书，也无法缝纫，除了不断走动她无法解脱自己的痛苦。她用了二十种法子检测儿子的能力，同时头脑仍保留在过去的岁月里，她始终不断对自己说：“他让我父亲伤透了心，这些年来，我日日夜夜都在努力，要想出个办法来让他心碎，可我都失败了。现在我找到办法了——我找到办法了。”

夜幕降临了，不安的心魔仍然控制着她。她继续做了测试：她端着一支蜡烛从阁楼到地下室满屋走，在枕头下面，地毯底下、墙缝里、煤箱的煤炭下边，到处藏些别针啊、缝衣针啊、顶针啊、线轴什么的，然后打发儿子到黑暗中把这些东西找出来，他都照办了。每当母亲赞扬他，并且紧紧拥抱得他喘不过气来的时候，他都感到快乐，感到自豪。

从这一时刻起，生活在她面前展现出全新的色彩。她说："将来的事有把握了——我可以等待，享受这份等待的快乐。"她的绝大多数爱好复苏了。她重新接触音乐、语言、素描、彩绘，还有其他一些告别了许多年的少女时代的乐趣。她再一次快乐起来，重新感受到生活的趣味。随着年华消逝，她关注着儿子的成长，并为此心满意足。并非十足满意，只不过几乎满意罢了。他的心脆弱的一面比冷硬的一面大得多。在她心目中这是唯一的缺陷。可她认为，儿子对她的热爱与崇敬足以补偿这一不足。他善于怀恨——这很好；可要是他怀恨之心与友爱之心同样坚韧耐久的话，这倒是个问题了——这一点就没那么好了。

岁月流逝。阿尔奇长成一个英俊潇洒、体格匀称健壮的青年人，他彬彬有礼，自尊高贵，好交朋友，喜欢自行其是。他只有十六岁，可看上去比实际年龄稍大点儿。一天晚上，母亲说有极其重要的事情要告诉他，还补充说明他现在已经长大了，可以听这件事了，年纪足够大了，也具备足够的性情和稳定的心理去执行一项严格计划，多年来她一直在筹划这项计划，终于酝酿成熟了。而后她讲述了自己不幸的故事，把其中赤裸裸的凶残与粗暴说得淋漓尽致。孩子一时间惊呆了，他说："我明白了。我们是南方人，以我们的风俗与天性，只有一种复仇方式，我会把他找出来杀死。"

"杀死他吗？不！死亡对他而言是解脱，等于释放，死亡是一种恩赐。我该对他报恩吗？他头上一根发丝也不许伤害。”

男孩儿陷入沉思，过了一会儿他说：“对我来说，你就是整个世界。你的愿望就是我的律条，就是我的快乐。告诉我该干些什么，我来做。”

母亲的双眼含着满意的微笑，她说：“你去找到他，他的藏身处十一年前我已经知道了。我花费了五年多时间打听，还花了许多金钱才找到这个地方。他在科罗拉多州开采石英，非常富有。他住在丹佛，他名叫雅各·富勒。唉——从那个难忘的夜晚到现在，这还是我第一次谈这件事。想想看！要不是我为你免除了那份耻辱，又给了你一个清白得多的姓氏的话，本来你得姓那个姓的。你把他从那个地方赶出去。你要穷追不舍，直到再追上他，而后再赶他走，而后一次又一次，再三再四、坚持不懈、不屈不挠地破坏他的生活，让他生活中充斥着难以理解的恐怖事件，满载疲惫与不幸的重负，让他渴望死亡，渴望有自杀的勇气。你要让他像犹太人一样流浪。而他什么都不知道，心灵得不到平静，觉得不安稳。你要给他蒙上阴影，缠住他，迫害他直到他伤透心，就像他曾经伤害我和我父亲一样。”

“我全照办，母亲。”

“我相信你，孩子。准备工作都已做好，诸事具备了。这有张信用卡，尽情地花用好了，不会缺钱用的。有时候你可能需要乔装打扮。这我已经准备好了，还有其他一些设备。”她从打字机台的抽屉里取出几张纸。上面都有这些打好的字样：

悬赏一万美元

据信，东部某州政府通缉的某个人现旅居此地。1880 年的一天夜里，他将年轻的妻子捆绑在路边的大树上，用牛皮皮鞭抽打她的脸，唆使群狗将她的衣服撕

> 碎，让她赤身留在路边。此人离开当地逃出乡村。她的一位有血缘关系的亲属已搜索了十七年。联系地址是××××××邮局信箱××××××。若有人能在私下会见中提供该犯地址，即可得到以上赏金，以现金支付。

“当你找到他，并且熟知了他的气味以后，就深夜到他居住的房屋那里把其中一张海报贴在墙上，再到邮局或者别的什么显眼的地方贴一张。这事就会成为当地的热门话题。起初你必须给他几天时间，迫使他卖掉财产，价钱大体与实际价值接近。我们会一步一步地让他破产，但只能循序渐进。我们不能一下子毁掉他，因为那样会令他绝望，令他健康受损，可能还会杀死他。”

她又从抽屉中取出三四张打印好的信件——张张一模一样——她读了其中一份：

> 雅各·富勒：
>
> 给你××天时间处置事务，限期内你不会受到干扰，截止时间为×月×日晨×时。而后你必须赶快离开。如果超过限定时间你仍留在此地，我会在所有没窗户的墙壁上张贴布告，再次历数你的罪状，并添上有关日期及场景，附带有关人物姓名，包括你自己。不必担心肉体上的侵害——无论如何不会用体罚惩治你。你给那位老人带来不幸，毁掉了他的生活，让他伤透了心。他所遭受过的苦难，你都将一一承受。
>
> 18××年于某地

“你别加上署名。必须在他看到悬赏布告之前送到他手里——在清早起床之前——免得他失掉理智，身无分文逃离该地。”

“我不会忘记的。”

“这些信你只需在最初用一次——一次足矣。此后，每当你准备把他赶出某一地区的时候，只要让他拿到这样一封信，信上只有几个字：

赶快走。给你××天时间。

他就会遵命照办的，没问题。”

第三章

孩子给母亲写的几封信

我抵达此地已有几天了，与雅各·富勒住在同一旅馆里。我辨别出了他的气味，可以在五个步兵师之中追踪并找到他。我常常在他左近，听到他与人交谈。他拥有一座产量不错的矿场，收入相当丰厚，只是他并不富有。他学会了采矿——那是替别人打工时学会的。他是个快乐的家伙，四十三个春秋对他影响不大，别人会认为他还要年轻些——大约三十六七岁的样子。他不曾再婚，一直过着鳏居生活。他与人相处得不错，大受欢迎，有许多朋友。甚至我也为他所吸引——那是来自父亲的血缘的召唤。这是自然法则决定的——事实上绝大多数的法则都那么盲目专断，不可理喻啊！如今我的使命变得越来越艰难——您意识到了吗？您理解吗，可以准许吗？——复仇的火焰已然冷却，冷却得连我自己也不愿承认。然而我会执行计划的。哪怕复仇的乐趣已然减退，我的责任仍在，我饶不了他。

每当我想到，犯下如此令人作呕的丑恶罪行的人偏偏没有遭受痛苦来赎罪，我胸中就腾起强烈的怨恨，这种情绪帮了我的忙。因为犯下这一罪行，他的性格有显著的改变，而他很享受这些变化。他，作为有罪的一方免除了一切苦难，而您，作为无罪的一方却承受了一切打击。不过令人安慰的是——他将自食其果。

1897 年 4 月 3 日于丹佛

4 月 3 日深夜我张贴出第一份信件，一小时后我在他房间门缝下边塞进第二份，提醒他必须在 14 日夜里 11：50 以前离开丹佛。

一位新闻记者的眼线偷走了一张布告，而后他在小镇里彻底搜索了一遍，又找到了另一张，把那张也偷走了。于是，他获得了业内所说的“独家新闻”——也就是说，他得到一条有价值的信息，并且小心翼翼地不让别家报纸得到。这样他这一家报纸——也是镇上最主要的一家——就在清晨的社论版上以显眼的字体刊登了这封信，还附上一位威苏维人对这位卑鄙小人的看法，写了整整一个栏目。报社负责在我们的赏格之外又添上一千美元，让人们兴奋不已！当有利可图时——外地驻本地的名报刊社可深知如何做漂亮事儿。

早餐时我坐在通常占的位子上——选择这个位子是因为在这儿能看得见富勒爸爸的正脸，同时距离比较近，听得到他那张桌子旁边的人的谈话。屋里有七十五个人，也许有一百人，大家都在谈论此事，说希望追踪者能找到这个流氓，把这个败类从小镇里轰出去——用辱骂或是枪子，还是别的什么法子都行。

富勒进门来的时候，一只手抓着离境通知——是折叠起来的，另一只手抓着报纸。我看到他时，内心一阵剧痛。他快乐的神情都不见了，看上去衰老而消瘦，面色灰白。而后——只要想想他不得不听的那些话吧！妈妈，他听到的是平时对自己从来不加怀疑的朋友们对自己的恶毒话，那些话都是从撒旦在地狱独家出版的词典和短语集子里摘出来的。不仅如此，他不得不随声附和，还得鼓掌喝彩。然而他的掌声里满是苦涩的滋味，在我面前他掩饰不了这一点，我可以观察得出，他胃口全没了，只能一点儿一点儿地啃，根本吃不下去。最后有个人说："很有可能那个亲属就在屋里，正听着镇子里是怎么看待那个恶劣得无法形容的恶棍呢。但愿如此。"

啊，天哪，富勒畏缩着向四下里惊恐地扫视，那样子多可怜啊！他再也忍耐不下去了，站起身离开了屋子。

几天里他对外宣称在墨西哥买了个矿场，打算尽快卖掉产业到那边去，亲自照管自己的资产。他办事很有心计：他自称原本乐意接受四万美元的价钱——四分之一现金支付，其余部分可以写成可靠的票据，可现在为了购买新矿场，他急需现款，他肯降价好全部提取现金。他售出价格是三万美金。此后，您想他干了些什么呢？他要求得到绿票面美钞，而且拿到了。他说墨西哥的那个卖主是位新英格兰人，满脑子都是怪念头，他宁可要美钞也不要金子或是汇票。人们觉得这事真离奇，因为在纽约拿汇票兑换美钞方便得很。又有人谈论过这件古怪事，不过只说了一天而已，任何话题在丹佛就只能持续这么久。

我一直在监视他。交易一结束，钱一付清——那是11日了——我就开始紧紧盯住富勒的行踪，一时也不放松。当天夜里——不，已经算12日了，因为恰好刚过午夜——我一路跟踪到了他的房间，与我的房间在同一条过道里，只隔三个门。而后又回到房间，乔装改扮穿上沾满污泥的工人装束，涂黑皮肤，坐在沉沉黑暗中，手边搁着一只手提包，里边是些替换的衣服。我把门微微打开了点缝儿，因为我估计现在小鸟儿该起飞了。不到半个小时，就有一位老妇人从门口经过，手里拎着一只旅行包，我捕获到熟悉的气味，那就是富勒，于是带着自己的旅行包跟了出去。他从侧门离开旅馆，在街角他拐到一条人迹罕至的街道上，在微雨与夜色中步行了三个街区，他钻进一辆两匹马拉的出租车，当然那辆车是事先约好等他的。我（不请自来）坐在车后面的行李台上，我们轻快地上路了。乘车走了十英里路，马车停在一座火车小站上就给打发走了。富勒出来坐在遮阳篷下的一辆手推车上，尽量避开光亮，我走进屋，紧盯着售票处。富勒并没买票，我也不买。不一会火车来了，他搭上一节车厢，我就从同一节车厢的另一端上了车，顺走道过去，在他背后坐下来。他付款给乘务员说去目的地的时候，我向后错了几个位子，乘务员收着款，他走到我跟前时我付了同一目的地的票款——向西距此约一百英里的一个地方。

从那时开始他就一直带着我兜圈子。他从这儿到那儿，再到更远处旅行——大体走向始终是朝西去的——只不过第一天过后他就不再扮作妇人了。他成了一名工人，像我一样，还戴了一部浓密的假胡须。他的全套服装工具相当完备，而且半点不必犹豫就进入了角色，因为他从事过这种行业赚过这份工资。他最亲近的朋友也不可能认出他来。最终他到了蒙大拿州的山区，在一座偏远的新兴小型市镇里定居下来。他搭了个简陋的小棚屋，每天出外勘探矿藏，一出去就是一天，从不与人交往。我住在一家矿工寄宿处，这地方很差劲儿：只提供床铺、食物，还有垃圾——一切一切都太糟糕了。到此地已有四个星期了，这段时间里我只瞧见他一次，不过每天夜里我都要检查他的行踪，亲自站岗放哨。他在此地一定住那座小棚屋，我就到五十公里外的小镇上拍发电报，通知在丹佛的旅馆替我保管行李，等我派人去取。在这儿我什么都不需要，只要换上一件军用衬衫，我随身带着它呢。

5月19日于锡尔弗·卡尔奇

我认为丹佛的那段小插曲在此地从来没人知道。我认识小镇上大多数人，他们从没提到此事，至少我耳朵里没听到过。无疑在这种情况下，富勒感觉非常安全。他已经找到一片矿区，在两英里以外，崇山峻岭中的一片偏僻的地域。矿区产量前景不错，他工作得也很辛勤。啊，可他变了！他再没笑过，始终不与人来往，不和任何人交朋友——只不过在两个月以前，他还是那么喜欢和其他人混在一起，整天喜气洋洋的。最近我几次见他从我身边走过——精神萎靡不振，对生活丧失了希望，脚步中那种青春的活力也离他而去，他变得忧郁而绝望。他自称名叫大卫·威尔逊。

可以确信，如果我们不去打扰他，他就会留在这个地方了。既然您坚持这么做，我就再去放逐他好了，可我看不出还能让他比现在更难熬。我将返回丹佛一段时间款待款待自己，吃点儿可以下咽的食物，换张忍受得下去的床，修饰一下外表，然后把自己的东西捎回来，再提醒可怜的威尔逊爸爸出发。

6 月 12 日于锡尔弗·卡尔奇

这儿的人都想念他。大家希望他在墨西哥生意兴旺，他们并不是通过语言来表达的，而是用心意表达的。你知道自己是可以分辨出来的。坦白地讲我在这里待腻了。然而如果您处在我的位置上，您会怜悯我的。是的，我知道您会说些什么，您说对了：如果我处在您的位置上，心里埋藏着您那样的令人灼痛的记忆——

我明天就搭夜车回去。

6 月 15 日于丹佛

老天宽恕我。妈妈，我们找错了人！我彻夜未眠。现在我在晨曦中等待着早班火车——分分秒秒过得多么、多么缓慢啊！

这位雅各·富勒是那位罪人的堂弟。我们多愚蠢啊，怎么没想到他做了那件残忍的勾当之后，就再也不会还用原来的名字啊！丹佛的富勒比那位年轻四岁；他七九年来这儿的时候年纪轻轻地已经丧妻鳏居了——当时他二十一岁——那是在您结婚前一年，有数不清的文件可以证实这一点。昨天夜里我和他的一位熟朋友谈了谈，这人从他到这里那天就认识他了。我什么都不说，但从今天起几天内我会让他重新回到这座小镇，他矿场的损失也都将得到补偿。本地会举办盛大宴会，举行火炬游行，由我一人负担全部费用。您是否会称之为“一时冲动”呢？我仅仅是个孩子，这一点您很了解，这是我特有的优越条件。可过不多久，我就不再是个孩子了。

6月20日于丹佛

母亲，他走了！走得无影无踪。我回来的时候味道已经冷却了。今天我有生以来第一次夜不成寐。我多希望自己不是个孩子，那样我就能抗得住挫折。人们都认为他朝西方走了。今天早晨我乘一辆马车起身——走了两三个小时吧，而后搭上火车。我不知道自己这是朝哪儿去，然而我必须走，一动不动地待在这里太折磨人了。

他肯定已经取了个新名字，并且乔装打扮来隐匿行踪。这就意味着要想找到他就只有踏遍世界各地了。这原本是我预料过的。您明白吗，妈妈？我才是那个流浪的犹太人，多么可笑啊！我们本来要替另一个人安排这种命运的。

想想看那重重的困难！如果我只是登广告找他绝对找不到人。我想找个办法既能找到他又不至于吓着他，可是想得我头昏目眩却还是没想出来。难道写“近期曾在墨西哥购得一座矿场，并卖出丹佛处一矿场的先生，可否将其地址寄给……”（给谁呢，妈妈！），“鄙人将向您解释此事纯属误会，并将请求您的谅解。您于某事件中所受损失将得到圆满补偿。”您瞧？他会认定这是个陷阱。哈，任何人都会这么看。如果我说，“现已知您并非所追缉的人犯，而是另一个人。人犯恰好与您同名同姓，现出于某种原因改名换姓了。”——会有结果吗？不过丹佛的人们就会恍然大悟，说“哦！”还会回忆起那些可疑的悬赏，说“要不是他干的干吗逃跑呢？——这不是明摆着的吗？”如果最后没找到他，他在当地的名声就会一败涂地——如今他在那里一点儿恶名声都没有。您的头脑比我更灵活。帮帮我吧。

我有一条线索，也是唯一线索。我认识他的笔迹，如果他在一家旅馆登记了假名字，但并未刻意伪装自己的字体的话，只要碰到这种笔迹，它对我来说就具有极大的利用价值。

7 月 3 日于锡尔弗 · 卡尔奇

如您所知，我从科罗拉多一直找到太平洋沿岸，搜索得精益求精了，而且曾一度差一点就找到他了。哎，可最后又一次与他失之交臂。就在昨天，就在此地。我在街上碰到他的足迹，还热乎乎的，我顺着足印跑到一家廉价旅店里。那是个代价很高的失误，若是一条狗就会朝反方向找。可我只是半条狗，一旦冲动起来和人类一样愚蠢。他在那家旅舍待过十天，如今我大体知道在前六个月或者八个月之间，他从没在任何地方长久停留过，他坐卧不宁，不得不一直朝前走。我理解那种感觉！同时我知道那种感觉的滋味。他用的名字依旧是九个月以前我差一点找到他时登记的名字——“詹姆斯 · 沃克”，无疑和他逃离锡尔弗 · 卡尔奇时用的是同一个。字体稍做了一点儿伪装，可我还是毫不费力就辨认了出来。他是一位正直的男人，不善欺骗和伪装之术。

人们说他刚走，出去旅行了，他没留下地址，也没说要去什么地方，当请他留下地址时，他好似吓了一跳。除了一只廉价旅行包，他什么行李都没有，他背着包徒步走的——真是个“小气的老头子，他在屋里也没丢下什么东西”。“老了！”我猜测他如今是老了。我对人们的话几乎听而不闻，在那儿只待了一小会儿。我沿着他的足迹一路直冲到码头。母亲，他乘坐的那艘轮船的烟气恰好在地平线上消散了！如果开始我跑对了方向，本可以省下半小时工夫。我本可以乘一只快速拖船，就能赢得机会追上那班轮船。船的前方目的地是墨尔本。

1898年6月28日于旧金山

您有权抱怨。“每年一封信”的确太少了，我得坦白，然而要是除了失败以外无事可写的话，叫他如何动笔呢？没人能坚持不懈地记述失败，实在太悲催了。

我告诉过您——现在就仿佛是多年以前的事了——我在墨尔本把他跟丢了，而后马不停蹄地在全澳大利亚追踪了几个月。

唉，再后来我跟着他来到印度，在孟买几乎亲眼见到他了。我四处追踪他——追到巴罗达[①]，拉瓦尔品第、勒克瑙、拉合尔、坎普尔、阿拉哈巴德、加尔各答、马德拉斯[②]——哦，我走遍了印度各地；冒着炎炎酷暑，风尘仆仆地追踪他，一周复一周，一月复一月——我几乎丝毫不离他的足迹，有时候简直就是咫尺之遥，然而还是一次也没赶上他。而后我又追到锡兰[③]，追到——别管它是哪儿了，一会儿我都会写到的。

---

① 印度城市名。

② 以上均为印度城市名。

③ 斯里兰卡旧称锡兰。

我尾随他的足迹回到加利福尼亚，而后南下墨西哥，再回到加州。此后从去年1月1日开始，直到一个月以前，我始终在加州各地追踪着他。我差不多有把握说他就在离霍普峡谷不远的地方。我沿线追踪到离此三十英里处一个地方，可在那儿足迹不见了，我猜是有人让他搭了便车。

如今我在休息——有时候也寻找一下失踪的足迹当作调剂。我累死了，母亲，我情绪低落，有时候不安得几乎丧失了希望。不过小帐篷里的矿工们都是些好人，回来这么久了，我已经习惯和这类人相处。他们的谈吐举止轻松而活泼，让人能重新振作精神，忘却烦恼。我来这儿已经一个月了，跟一个名叫萨米·希利尔的年轻小伙子同住，他二十五岁，是独生子——和我一样——他热爱自己的母亲，每周都给她写信——这方面也有些像我。他生性羞怯，谈到才智问题吗——唉，一鸣惊人就别指望他了，不过这没关系，他很讨人喜欢。他为人不错，和他坐下来谈天再交个朋友就等于有了面包和肉，有了休息和奢侈品一样。我真希望“詹姆斯·沃克”能有如此享受。他以前有朋友，又喜欢与大家待在一起。这念头让我回忆起他的外貌来，那次是我最后一次见到他。那幅画面是多么令人伤感啊！它一再在我眼前闪现。就在那一时刻，可怜的人哪，我当时还要昧下良心轰他继续搬家呢！

希利尔的心肠比我好，我想比起社区里任何一个人的心肠都要好。只有他肯和矿区里的害群之马——弗林特·巴克纳交朋友，唯有他与弗林特交谈过，或者说唯一得到弗林特的准许和自己谈过天的人。他说弗林特的故事他都知道，说正是一桩灾难让这个人成了现在的样子，因此人们应该尽可能对这人友善一些。如今就我所知，除了这位宽大为怀的好心人以外再没别人容得下像弗林特·巴克纳这样的人留下住宿了。我认为这件小事儿最说明萨米的为人，能给您一个最清晰的概念，即便我煞费苦心用尽辞藻来描述他也不及这件事说明问题。有一次聊天的时候，他说过这样一段话："弗林特是我的一位亲戚，他把所有难过的事都一股脑倒给我一个人听——他确实得时不时地把心里话倒一倒，否则我怕他的胸膛会炸掉。世上再没有比阿尔奇·斯蒂尔曼更不幸的人，他这一辈子心情就没好过——他外表看起来那么老，其实根本不到那个岁数。平静祥和的感受全都不见了——哦，那是许多许多年以前的事了！他哪里见过幸运是什么样子——从来就没运气好过。他常常说要是能找到另一座地狱就好了，他对眼前这一座腻味透了。"

1900 年 10 月 3 日于加利福尼亚州的霍普峡谷

第四章

有女士在场时，真正的绅士绝不会大谈赤裸裸的真相

这是 10 月初的一个清新而芬芳的早晨。

秋日的霞光照亮了丁香与金链花，花儿悬在高天上熊熊燃烧，闪耀着光芒，成为慷慨的大自然之神为没有翅膀的野生动物们架设的一座仙桥。那些动物们在树木顶端安家立户，将会一同去拜访他。落叶松与石榴沿着林区倾斜的蜿蜒小径，斑斑驳驳地

抛洒出广袤亮丽的紫色与黄色的光焰来。渐渐消散的雾气上方腾起数不胜数的落叶林枝头美妙的花香。空荡荡的远空中，一只孤独的翳鸟[①]倚在静止的翅膀上睡着了。四周笼罩在天堂般的宁静祥和而诚挚的气氛中。

时至1900年10月，霍普峡谷的埃斯梅拉尔达地区以南一座银矿矿工的营地里。那是个与世隔绝的地方，海拔很高，地处偏僻，近来刚刚为人所发现。当地居民认定这个地方盛产金属矿——经过一年或两年的开发，这事准会瞧出眉目来。谈到居民，营地里大约有两百名矿工，一名白人女子和一个孩子，几名中国洗衣工，五位北美印第安妇女，还有十几个印第安流浪汉。他们穿兔皮外衣，戴破旧的高顶礼帽，还有锡罐做的项链。这里还没有建起磨房，没有教堂，没有报纸，营区不过建立了两年之久，没有人发过横财，世上的人对这个地方以及它的名字一无所知。

峡谷两侧山壁耸立，有三千英尺高，而弯弯曲曲、零零落落地散布在狭窄的谷底的小屋，每天只有一次机会得到阳光的爱抚，那是在正午时分，太阳在这里一跃而过。这座村庄绵延二英里，村里的小屋彼此独立。酒馆是此地唯一一间“木制”房屋——有人可能会说是唯一的房屋。它地理位置居中，成为夜间人们常去的娱乐场所。人们在那儿饮酒，玩七点儿牌[②]和多米诺骨牌。他们也玩台球，屋里有张桌子，遮得严严实实的，破损的地方都用橡皮膏补贴好了。台球棒有几根，只是没有棒头，几只坑坑洼洼的球一滚动起来就咔咔嗒嗒作响，而且不是渐渐放缓速度，而是突如其来一下子站住了脚。有一小方块白垩，上面有个小缺口嵌着一块打火石，要是有人能一杆连得六分，他就能任意叫酒，酒

① 该词汇源于1902年4月12日版《斯普林菲尔德共和报》。翳鸟属凤类，《山海经》注云：“身有五彩而文如凤凰类也。”原文中用词实不存在，故译者另觅一传说中神鸟名代之。

② 一种牌戏，二人到四人玩，七点成局。

账算酒馆的。

弗林特·巴克纳的小屋是村子向南最后一间，而他的银矿在村子的另一端，在北边，比最北头的小屋还要远一点儿。他性情乖戾，从不与人交往，也没有伙伴。曾打算与他打交道的人们都后悔不该认识他，都和他断绝了来往。弗林特身边有个逆来顺受的年轻人，是英国人，十六七岁，无论人前还是人后他都粗暴地对待这孩子。自然会有人向这个小伙子打探消息，可是一无所获。这个年轻人名叫费特洛克·琼斯，他说弗林特在长途跋涉去勘探矿藏的路上把他捎上了车，因为在美国既无家室也无亲朋，他觉得只要和巴克纳住在一起，能忍得住对方的虐待就有熏肉和蚕豆吃，那这个决定很是英明。他也说不出别的什么了。

至今费特洛克已经做了一个月奴隶了，他的外表如此温顺，主人却不是打就是骂，侮辱折磨得他慢慢憔悴，消瘦得像块小煤渣。那是因为温顺隐忍的人在遭受折磨的时候，或许比起那些更有男子气概的人来说所受的苦痛更为深重，那些人在忍到极限时会爆发出来，破口大骂或是挥舞拳脚就能解脱痛苦。好心肠的人们想要帮助费特洛克摆脱困境，想带他离开巴克纳。可是一听这个主意，孩子吓坏了，直说“不要”。帕特·赖利怂恿他说：“离开那个该死的守财奴吧，跟着我，别害怕，我来对付他。”

孩子眼含热泪向他道了谢，可还是哆哆嗦嗦地说“别冒这个险吧”，他说到夜里不定什么时候，弗林特就会在他落单的时候捉住他，而后——“哦，赖利先生，一想到这些我就不安。”

其他人说：“逃走吧，我们资助你，找哪天深夜逃到海边去。”可是无论谁说什么都不管用，孩子说，哪怕是为了挽回面子，弗林特也会追捕他，把他抓回来。

人们对此无法理解。男孩不幸的生活还在一周复一周地延续着。如果人们知道这孩子的业余时间都是怎么打发的，很可能早就理解他了。他睡在弗林特左边的棚子里。每到夜里，他就在棚子里小心地处理伤口，抚慰内心的屈辱，而后再三地研究同一件事——如何谋杀弗林特·巴克纳而不为人所发觉。这是他生活中仅有的乐趣了，全天二十四个小时里这几个小时是他最热盼的时光，是他仅有的快乐时光。

他想到了下毒。不行——不合用。陪审团会盘问从哪儿弄来的，是谁弄来的。他想到在临近午夜时分弗林特回家的时候，在一个僻静地方从背后给他一枪——他回家的时间从来不变。不行——附近或许有人会抓住自己。他想到了在对方熟睡的时候给他一刀。不行——万一这一刀不能致命，那弗林特就会抓住自己。他考虑过成百种不同方式——可没有一种合用。因为哪怕最最隐蔽、最最安全的方法中都存在致命的缺陷，也就是可能被人发现的危险、概率和可能性。他不愿冒任何危险。

然而他很有耐心，无限的耐心。他心里偷偷地想，不必急于一时，不把弗林特宰了绝不离开；不必急于一时——总会找到办法的。办法就藏在不知什么地方呢，他会忍耐所有的耻辱、痛苦与不幸，直到找到那种方法。对，反正肯定有办法一点儿痕迹都不留，有关凶手的哪怕最细微的线索也不会留下——别着急——他会找到那方法的，而后再——哦，以后呢，只要活着就是美好的！这段时间里他得当心，维护住性情温顺的名声。还有，千万挺住，直到那一时刻，绝不能让任何人听到他对这位暴君有什么憎恨或是不满的话语。

前文提到那个十月的清晨，此前两天弗林特买了些东西，和弗特洛克一起把东西带回了弗林特的小屋：里面有一盒子新制的蜡烛，放在角落里；一锡罐炸药粉末，放在蜡烛盒子上面；一小桶炸药粉末，放在弗林特的铺位底下；一大卷导火线，悬空挂在一只竹钉上。弗特洛克推测：弗林特的开采工作只靠铁镐已经不够用了，现在轮到使用爆破手段了。他亲眼见过爆破，并且留心观察了爆破的全过程，只是从没插手干过。他推断得不错——使用爆破手段的时间已经到了。清晨，两人携带着导火线、钢钻和火药罐子来到矿井边。矿井深达八英尺，为了进出方便还用上了一只短小的梯子。两人下到井底，费特洛克奉命抓着钢钻 ——可对方并没指导他该如何抓着才对——弗林特连续地挥锤敲击钢钻。长柄大铁锤猛砸下来，钢钻从弗特洛克手中崩了出去，这种情况是不可避免的。

“你这个肮脏的非洲黑小子，钢钻是该这么拿的吗？拾起来！立好！看着——抓紧。该——你啊！我来教你！”

一小时既终，打孔工作结束了。

“喏，这会儿，装满。”

男孩儿开始向孔里倒火药。

“白痴！”

小伙子下巴上重重又挨了一掌，倒了下去。

“起来！别躺在那儿哭鼻子。喏，现在，首先插进导火线。现在再填火药。住手，住手！你打算把洞都填满吗？真是个榆木疙瘩脑袋，没骨气，世上数你最……填点儿灰进去！填点儿土！砸实！住手，住手！哦，老天哪，滚一边儿去！”他一把夺过钢钻，亲手把火药砸实，一边砸一边像个恶魔一样破口大骂。弄好后他点燃了导火线，爬出矿井，跑到五十码以外，弗特洛克紧紧跟随。他们站在那里等了几分钟，就见一股巨大的烟柱混着石块冲天而起，爆炸声轰隆隆作响。少顷，又是一阵石雨从天而降，此后一切又恢复了沉寂。

“老天就该把你扔在那里面！”主人说道。

他们下到井底清除干净，又打了一个孔，装入火药。

“瞧着点儿！你打算浪费多少导火线？难道连怎么给导火线

计时都不知道吗？”

“不知道，先生。”

“你不知道！好吧，要是我见过的东西你都不懂就好了！”

他爬出矿井，朝下发话：

“好吧，白痴，你想要整天待在里边吗？割断导火线，把它点着！”

那个哆哆嗦嗦的小家伙开始干活儿。

“能否请您，先生，我……”

“你跟我回嘴吗？割断导火线，点着！”

男孩割断了导火线，点着了火。

“老——老天哪！是根一分钟长的导火线！老天就该把你扔在——”

他盛怒之下夺过梯子抢出矿井，跑开了。男孩吓呆了。

“哦，上帝！救命！救命！哦，救救我！”孩子哀求着，“哦，我该怎么办，我该怎么办？”

他退后几步，尽力紧紧贴着井壁。导火线上火星飞溅，他惊恐得语不成声，呼吸都要停顿了，他大瞪着两眼，虚弱无力地站在那里，两秒、三秒、四秒之后他就会飞到空中炸成肉末。情急之下他灵机一动，扑到导火线上，把露出地面的一寸割断下来，于是救了自己的命。

他浑身无力，一屁股坐到地上，吓得半死不活，一丝儿力气都不剩，然而他快活地喃喃低语道：

“他已经教会我了！我知道只要我等着，就肯定会有办法。”

过了五分钟的样子，巴克纳蹑手蹑脚地溜到矿井边，看上去有点儿着急，有点儿不安，他朝井下瞥了瞥，这才明白是怎么回事，他看到了发生的一切。他把梯子顺到井下，孩子虚弱地拖着步子往上爬，脸色煞白。他这副样子巴克纳的不安更浓重了几分，他做出一副既懊恼又同情的样子，但是因为极少有这样的表情显得很生硬，他说：

“要知道，这是个意外，别跟其他人提这事儿。我当时受了刺激，没注意自己干了些什么。你瞧上去不太舒服，今天你干得够多了，到我小屋里来，想吃什么就吃什么，再歇歇。要知道这次只是个意外，因为我受了刺激了。”

“吓死我了，”小伙子边走边说，“可我学会了点东西，所以我不在乎。”

“太他妈的容易哄了！”巴克纳咕哝着说，目送男孩走开，“我怀疑他会说出去不？可能不会？……他要是死了多好。”

男孩并没把假期用于休息，他充分利用这段时间工作着，狂热焦急而兴高采烈地工作着。茂密丛生的杂树顺着山壁一直延展到弗林特的小屋边。弗特洛克的大部分活计就是在这片黑洞洞的、错杂丛生的树丛中完成的，剩余工作在他自己的小棚屋里完成。终于一切就绪了，他说：

“如果他怀疑我会说出去，他不会疑心多久了，就到明天。他会看到我和往日一样没骨气——今天一整天还有明天。过了后天夜里，他就没命了，没人猜得着是谁结果了他的性命，也没人猜得到是怎么干的。是他自己无意中给我出了这个主意，真奇怪。”

（作者注）

致共和报编辑：

贵报一位公民就“翳鸟”一词向我提出一个问题，希望能通过贵报答复他。此举是盼望该答复能广为传播，以节省笔墨，因为我就同一问题已经作过不止三四次答复，以致未能享受合法假日。

近期我出版了一则短篇小说，正是在该文中我提及“翳鸟”。

就我个人来说，我期望能给一些人添点儿麻烦——事实上，这正是我的写作意图，——然而结果远远比我所预料的要强烈得多。翳鸟吸引了有罪与无辜两类人的注意，而我只是在搜寻无辜的人——无辜而可以信赖的人。我知道有几位会写信来询问，那只会给我带来小小一点儿麻烦而已，然而我并不希望聪明博学的人会要求我帮忙。无论怎么说，此事已发生过，如果可以的话，已经到我大声疾呼阻止这种要求的时候了，因为对我而言写信并不是一件悠闲轻松的事，而且随着思考的不断深入，我对写信失去了兴致。诸位会理解的，我将附上两封请求信样件。第一封来自一位菲律宾大学讲师：

亲爱的先生：

我正在阅读您近期大作的第一部分，书名是《案中案》，我对它非常感兴趣。书中第四章第 ×× 页，《哈珀杂志》一月号上出现了这样一段："空荡荡的远空中，一只孤独的翳鸟在静止的翅膀上睡着了，四周笼罩在上帝宁静祥和而诚挚的气氛中。"如今，有一个词语我不明白，即"翳鸟"一词。我仅有的参考书是《标准字典》，然而该字典未能解释该词。若您能抽出宝贵时间复信，我将非常高兴弄清该词意义，因为我认为这一章节非常动人、非常美妙。此举于您看来或许愚蠢，然而鉴于我出外身在吕宋北部，实在缺少参考资料，请帮助我。

您忠实的朋友

1902 年 2 月 13 日于菲律宾群岛南伊罗戈的圣克鲁斯港

注意到了吗？这段文字中只有这一词语让他困惑不解。这就表明预想中为读者设置的骗局以这一段的构思最为成功。我的写作意图就是让它读来似乎可信，而今显然成功了；我的目标就是令它动人动情，您瞧瞧自己，它确实让这位大学讲师动了真情。哎呀，如果我把这个靠不住的词扔在了一边，那我就得骂街了！到处骂街，那段话也就会像油一样从每位读者眼前滑过，一点儿疑心都不会留下。

另一封样函来自新英格兰大学的一位教授。信中含有一个下流的词语（我实在不能删掉它），不过他并不是神学系教授，故此无伤大雅：

> 亲爱的克莱门斯[①]先生：
>
> "空荡荡的远空中，一只孤独的翳鸟倚在静止的翅膀上睡着了。"
>
> 本人不常阅读期刊文学作品，然而我刚刚浏览过这本误期的杂志，内心感到极大喜悦，也受到极大启发，那就是您的大作《案中案》。
>
> 然而"翳鸟"究竟是个什么玩意儿？我自己就养着一只，可它从未在空中或是别的什么地方睡过觉。我的工作与词语相关，而我偶然发现"翳鸟"一词的瞬间即被吸引，就如我少年时一位伙伴所说的那样："我要是说得清，我就会永垂不朽，一辈子都得遭人骂。"这是句玩笑呢，还是说我是个蠢人呢？

你我俩人里肯定有一个是蠢人。我很羞愧愚弄了这位先生，然而为了自尊我不会这么说。我写信告诉他这是句笑话——这也

① 马克·吐温原名塞缪尔·朗霍恩·克莱门斯。

是如今我要向从斯普菲尔德写信来询问我的读者们所作的答复。我还告诉他认真阅读该段全文，他就会发现文中情节丝毫不合情理。这也是我要给斯普菲尔德的读者们留下的印象。

我坦白自己多少有些内疚。今后——我不会再如此频繁地运用这种手法。别再给我提问题了，让翳鸟稍微休息一会儿吧——停靠在它那衰老的静止的翅膀上休息吧。

马克·吐温

1902 年 4 月 10 日于纽约

编者按：去年一月至二月号《哈珀杂志》上登载的《案中案》一文是侦探小说中最具匠心的一部笔墨游戏，其中一些章节富于戏剧性，情节动人，难于察觉其不实之处，安排极为巧妙。然而读者对二月号上的第一处小细节的错觉本不该延续如此之久。谈及此段文字，它令人钦佩地证实了克莱门斯先生处理整体效果的技法，也验证了读者们的疏忽大意，该段如下：

“这是十月初的一个清新而芬芳的早晨，秋日的霞光照亮了丁香与金链花，花儿悬在高天上熊熊燃烧，闪耀着光芒，成为慷慨的大自然之神为没有翅膀的野生动物们架设的一座仙桥。那些动物们在树木顶端安家立户，将会一同去拜访他。落叶松与石榴沿着林区倾斜的蜿蜒小径，斑斑驳驳地抛洒出广袤亮丽的紫色与黄色的光焰来。渐近消散的雾气上方腾起数不胜数的落叶花美妙的馨香。空荡荡的远空中，一只孤独的翳鸟倚在静止的翅膀上睡着了。四周笼罩在上帝宁静祥和而诚挚的气氛中。”

马克·吐温的诙谐手法的成功令人不禁回想起那篇关于洞中化石人的故事，他极其繁琐地描述了此人的形象，先描述场景画面，描绘出环境中动人心弦的寂寞以及所有景物，继而描述人物的高贵与尊严，不经意间提及他右手大拇指按在鼻翼上；再以进一步的描述引人关注到右手手指呈辐射状张开；而后再回过头来讲此人威严的形态与高贵的姿势，偶然间又提到左手大拇指与右手小指相连——如此这般。而此处确系匠心独运的妙笔，于是马克在多年之后的一篇文章中还提到这件旧事，那篇文章刊载于那家杰出刊物《银河》的一期过刊上。马克指出从未有人发现这处戏谑之笔。而假若我们记忆准确无误的话，这则令人惊诧的笑话确实可以在他指出故事来源的地区找出出处，那时他在内华达州做新闻记者。的确马克·吐温的跳蛙系马克·吐温第一部作品，题名为《卡拉韦斯县有名的跳蛙》。比其他任何蛙类都要重好几"品脱"啊。

第五章

次日来临，旋即离去

现在已近午夜，再有五分钟新的一个早晨即将开始。此时的场景位于酒馆儿的台球室。一群粗汉身穿粗陋的衣服，帽边耷拉着，马裤塞在靴筒里，有的人套着马甲，可没有一个人罩外衣的。他们围着钢板锅炉聚在一堆儿，炉子外壳烧得红彤彤的，发散出令人心旷神怡的热气来。球台上的球在咔嗒嗒作响，再没别的声音了——这说的是屋里；门外时而有风声呜咽。人们看上去很不耐烦，同时又充满期待。一位膀阔腰圆的大个子矿工站起身来，把一卷导火线一下子套到手臂上，把自己其他一些物品归拢好，跟旁人连句话也没说，一声招呼也没打就走了出去。他时值中年，留着一脸灰白的络腮胡须，毫不友善的眼睛深嵌在一张孤僻的面庞上。这人就是弗林特·巴克纳。屋门在他身后刚一关上，屋里登时爆发出一阵嗡嗡的谈话声。

“他永远都是生活最有规律的人，”铁匠杰克·帕克说道，“你不用瞧自己的沃特伯里手表，只要看他什么时候走就知道准是十二点了。”

“而且就我所知，这也是他仅有的一点儿美德了。”矿工彼得·霍斯说道。

“在这个圈子里他就是个害虫，”韦尔斯·法格·弗格森说道，“要是这铺子是我开的，我迟早得让他开口说点儿什么，否则就从这个矿区滚出去。”边说着他边暗示地瞥了瞥酒店老板。老板则瞧都不瞧他一眼，因为人们谈论的这个人是个不错的顾客，每天夜里都来小酒馆吃饭，再精神抖擞地回家去。

“嘿，”矿工哈姆·三明治说道，“你们这些小伙子里有没有人想得起来，他请过谁喝杯酒吗？”

“他！弗林特·巴克纳吗？哦，老天！”

嘲讽的答复冲口而出，人们说的话或许这样、也许那样，但都是这个意思。沉寂了一会儿，矿工帕特·赖利说道：

“他像个拼图游戏一样不好猜，那个古怪的家伙。他手下那个孩子也是一个。这俩人我真看不懂。”

“别人也看不懂，”哈姆·三明治说道，“那要是他算拼图游戏，还有一个人算什么才好呢？要算天字第一号的神秘人物，这两个人都比不上他。一点不费劲就赢了——不是吗？”

“绝对！”

大家都这么讲。只有一个人除外。他刚到此地——名叫彼得森。他给四周的人都叫了杯酒，然后问谁是这第三个人。大家都立即回答说：“是阿尔奇·斯蒂尔曼！”

“他也是个神秘人物吗？”彼得森问道。

“他是不是神秘人物？阿尔奇·斯蒂尔曼是不是神秘人物？”

韦尔斯·法格的伙计弗格森说道，“哇，他简直是从第四维度空间来的白痴。”

弗格森挺有学问。

彼得森真想听人讲讲这个人的事，可是人人都想发言，人人都不甘落后。可酒店老板比利·斯蒂文斯要大家肃静，说最好是每次只让一个人开口。他给人们倒了酒，指定要弗格森给起个头儿。弗格森说道：“啊，他还是个孩子，除了这个我们什么都不知道。你可以一直盘问他，问到你筋疲力尽也没用，还是什么也问不出来。起码他来这儿有什么打算，做哪行生意，或是从哪儿来，类似一些问题你问不出来。而且但凡聊到他的头等机密究竟是什么的时候，哇，他马上就换个话题。就这些。你可以自己猜，猜到脸都发青了。你有权脸色铁青，可是就算是这样，就能猜出个所以然吗？还是什么也猜不着，跟我现在知道的没多大区别。”

“他的头等机密到底是什么？”

“也许是视力，也许是听力，也许是天赋，也许是魔法。该选哪个词你自己选——追捕成年人二十五美元，小孩和用人半价。我来告诉你他有什么本事吧。你可以从这儿出发，然后失踪，跑到自己想去的地方藏起来，藏哪儿无所谓，跑多远也没关系——他就能直奔那个地方，把你抓出来。”

“你是开玩笑吧！”

“我很认真。天气对他来说无关紧要——自然界的条件对他来说无关紧要——他根本不在乎这些。”

“哦，真的！黑天？雨天？下雪天？都没关系？”

“对他来说都一样，他瞄都不瞄一眼。”

“噢，要说——连下雾的天也一样？”

“下雾！他的眼力能像子弹一样砰地一下子就穿过大雾了。”

“哪，伙计们，拿名誉担保说，他说的是真话吗？”

“这是真事儿！”人们都叫喊着说，“接着说吧，韦尔斯·法格。”

“好吧，先生，你可以让他留在这儿和伙计们聊天，然后你偷偷溜出去走到营地的任何一间小屋里，打开一本书——对了，先生，有十几本书呢——把打开的那页记在脑子里，而后让他出发，他肯定直奔那座小屋，把每本书都打开到该找的那页，然后宣布游戏结束，从没出过错。”

“他肯定是个魔鬼。”

“不止一个人这么想过，我来讲一件他干过的一件格外出奇的事给你听吧。有天夜里，他……”

门外骤然响起一阵低低的说话声，门被撞开了，一群人情绪激动地涌了进来，为首的是营地里一位白人妇女，她哭叫着：

“我的孩子！我的孩子！她丢了，找不见了！看在上帝的分上帮我找着阿尔奇·斯蒂尔曼，我们四处都找遍了！”

酒店老板说：“坐下，坐下，霍根太太，别着急。三个钟头以前他要了个床位，因为像以前一样出去找线索，他累得精疲力竭了，然后就上楼了。哈姆·三明治，上楼去把他叫醒，他在十四号房间。”

不久，那个年轻人就下楼来准备出发。他问霍根太太有什么特殊情况。

“我的天哪，亲爱的，一点儿迹象都没有，我倒希望有什么特殊的情况呢。晚上七点我打发她睡觉，可我一个小时以前再去上床的时候，她就不见了。我冲到你的小屋那儿，亲爱的，你又不在，然后我就一直在找你，找遍了峡谷底下所有的小屋，现在才找到这里，我现在心慌意乱，又害怕又难过，不过感谢上帝，我终于找到你了，亲爱的心肝儿，你肯定能找到我的孩子。来吧！快点儿！”

“马上行动，我陪着您，太太。先到您的小屋去。”

所有人马都涌出酒馆加入了搜寻的队伍。住在南半边的村民都起来了，有上百名身强力壮的男人在屋外等候着，黑压压的一大群，人群中星星点点地闪烁着几点灯笼的火光。人们三四个人一列自觉地排在狭窄的小路上，跟随着领路的人们朝南一路大步流星地赶过去。几分钟不到就来到了霍根家小屋。

“床铺就在这儿，”霍根太太说，“原来她就待在这儿，七点钟的时候我把孩子放在床上，可她现在哪去了，只有上帝知道。”

“递给我一只灯笼。”阿尔奇说道。他把灯笼摆在硬邦邦的土地表面上，在灯笼旁边跪下，假装成凑近去查看地面的样子。“这有她的脚印，”他这样说着，一边还用指头碰碰这儿、摸摸那儿，“瞧见了吗？”

好几个人屈下膝拼命地看。有一两个觉得仿佛辨认出有个脚印似的，其他人都摇摇头，不得不承认在这片又光滑又坚硬的地面上，以他们的眼光什么痕迹也没发现。一个人说：“或许一个小孩儿有办法留下印迹，不过我没瞧出来。”

年轻的斯蒂尔曼迈步向外走，手里提着灯笼照着地面。他朝左一拐，挪了三步，又凑近去查看地面，然后说道：“找到方向了——跟我来，来个人给我提着灯笼。”

他大步流星地向南冲去，大队人马紧随其后，峡谷里曲曲折折，人群也随之蜿蜒行进。这样走了一公里的路程，终于来到峡谷口。展现在眼前的是一脉长满山艾的平原，幅员广袤，昏暗无光。斯蒂尔曼站住脚，说：“现在我们绝不能走错方向，必须再校准一次。”

他接过灯笼，查看着地面，查看了二十码的样子才说：“跟我来，没错。”然后又拿开灯笼。他在山艾丛中进进出出，走了二百五十码左右，渐渐地朝右边引路，而后他重新选了方向，又转了大半个圆圈，然后再次变换方向，向西推进了近一英里地的样子，停了下来。

“她到这不走了。在这里，可怜的小家伙，拿着灯笼。你们可以看看她坐在什么地方。”

然而这是在一片光滑如钢板的平原上，人群中谁都不敢说在这片广场上瞧见了哪怕一根针的痕迹。哀伤的母亲跪了下来，亲吻着那片土地，悲痛欲绝。

“那么，她现在在哪儿呢？”有人问道，“她没在这里停留，不管怎么说，这个我们还是明白的。”

斯蒂尔曼手持灯笼绕着这片地方转了一周，装作一副寻找足迹的样子。

“哎！”不一会儿他这样说道，语调中透着懊恼，“我真不明白。”他又查看了一遍，“没用。她是在这儿——我有把握，她再没从这儿走开过——对这一点我也有把握。真是个谜，我想不通是怎么回事。”

于是，这位母亲彻底丧失希望了。

“噢，天哪！噢，求圣母玛丽亚保佑！肯定是有飞禽把她弄走了。我再也见不到她了！”

“啊，千万别灰心，”阿尔奇说道，“会找到她的——不要放弃希望。”

“你能这么说上帝会保佑你的，阿尔奇·斯蒂尔曼！”她紧抓着他的手，诚心诚意地吻着。

彼得森，就是新来的那个人，在弗格森耳边低声地嘲讽道：

“能找到这里表现可真是出色，是不是？虽然根本不值得跑这么远，换别的什么地方结果都一样——是吧？”

弗格森听了这番含沙射影的话心里并不高兴。他略带激愤地说：“你是不是打算暗示我，孩子根本没到这里来过？告诉你说孩子肯定来过！现在要是你想狠狠地小题大做一回，就像……”

“有了！”斯蒂尔曼叫起来，“大家都过来啊，瞧瞧这！它一直就待在我们鼻子底下，我们却都没瞧见。”

人们全都猛冲过去瞧那片据说孩子待过的地面，众多双眼睛费力地瞧啊瞧啊，满怀希望能看出阿尔奇手指的地方有什么痕迹。

少顷，周围发出了几声失望的叹息，帕特·赖利和哈姆·三明治同声说道：“是什么呀，阿尔奇？什么也没有哇。”

“什么也没有？你怎么能说什么也没有？”他敏捷地用指尖在地面上描出一个人形。“看——你们现在还认不出来吗？那是印第安人比利的痕迹。是他带走了孩子。”

“赞美上帝！”母亲说道。

“拿开灯笼，我已经找到方向了，跟上！”

他起脚跑起来，在山艾丛中奔跑了大约三百码的样子，在一座沙丘后失去了踪影，其他人费尽力气随后追到，却发现他在等待大家。十步之遥有一座椭圆形的印第安小茅棚，那是用破布和旧马鞍毡子搭成的，形状古怪，而且光线昏暗，缝隙间隐隐透出灯光。

“您请先行，霍根太太，”小伙子说道，“您有权第一个进去。”

人们紧追着霍根太太直奔小茅棚全速冲过去，和她一起看到室内的那番图景。印第安人比利坐在地面上，孩子在他身旁熟睡着。这位母亲一把将孩子紧紧拥抱在怀里，同时也抱住了斯蒂尔曼。她脸上感激的泪水潺潺流淌，声音哽咽，断断续续地倾吐出亲热的言语对他表示仰慕，那话多得好比一条淘金河那么长，唯有爱尔兰人的心中还保留着这么多的亲热话了，别的地方可没有这么多。

“十点钟不到的时候我发现她在我这儿，”比利解释道，“她太累了，在那边儿睡着了——脸上潮乎乎的，兴许哭来着。我带她回来，给她喂了点儿吃的，她饿惨了——又睡着了。”

那位满心欢喜的母亲感激之下，放弃了门第观念，也拥抱了他，把他称作“乔装打扮的天使”。如果他真是那样一个大神的话，很可能是乔装打扮过的。他的穿着合乎角色的要求。

凌晨一点半，大队人马唱着歌涌进村子，唱的是《约翰尼来到时打道回家》，他们挥舞着灯笼，大口吞咽着带出门的酒。队伍在酒馆前集结起来开了个庆祝晚会，直到天明。

第二部

第一章

第二天下午，整座村庄都被轰动了。一位外表严肃而尊贵的外国人来到小酒馆，他风度仪表都与众不同，而后一个令人敬畏的名字出现在登记簿上：

歇洛克·福尔摩斯

消息嗡嗡不绝地从一间小屋传到另一间小屋，从一眼矿井传到另一眼矿井。工具都被丢到一旁，全镇的人都蜂拥而至，对这位倍感兴趣。有人路过村北头的时候，大喊着告诉帕特·赖利这个消息。帕特的矿井紧邻着弗林特·巴克纳的矿井，那一瞬间费特洛克·琼斯仿佛大病一场，他喃喃地说：

"歇洛克舅舅！我运气多差呀！——刚巧这时候他……"他陷入沉思，而后对自己说道："然而只是恐惧又有什么用呢？要是有谁像我一样了解他就会知道，他只有事先把事情巨细无遗地策划好，把各个线索都排好顺序，并且雇佣个把人根据他的详细指示作案，否则他也破不了什么案件。……这一回什么线索也不会留下的——这样，他还能拿到什么机会？一点儿也没有。没有，先生，一切已经就绪。如果我冒险延期实施计划呢——不，我可不能冒这种危险。弗林特·巴克纳今天夜里必须离开这个世界。”这时又出现了另一桩麻烦事。“今天晚上歇洛克舅舅肯定要和我谈家里的事，我怎么才能甩开他呢？八点左右我必须在自己的小屋里待上一两分钟的样子。”这件事真是糟糕透顶，让他大费脑筋。不过他还是想出一个办法解决了难题。“我们俩会出去散散步的，半路上我离开他一分钟，这样他就看不到我在干些什么了。总之，甩掉侦探跟踪的最佳方案就是在做准备工作的时候跟他待在一起。对，这是最安全的做法——我得带上他。”

同一时刻里，酒馆门前的小路上挤满了村民们，大家都等候着盼望能瞅上那位伟人一眼。可他一直把自己关在屋里不露面。只有弗格森、铁匠杰克·帕克，还有哈姆·三明治运气不错。这几个人狂热地仰慕伟大的科学侦探福尔摩斯，他们租下酒馆的行李保存室，越过一条十到十二英尺宽的小走廊就能看到这位侦探的屋子里边。他们埋伏在保存室里，在百叶窗上抠了几个窥望孔。福尔摩斯先生的百叶窗垂落着，不过不一会儿他就把百叶窗拉了起来。几位“密探”惊得头发都竖起来了，然而发觉自己正和这位以智慧超凡出群而誉满全球的大人物面对着面不禁又惊又喜。他就坐在那里——并非虚构神话，并非朦胧阴影，而是真真切切、活生生的、真材实料的人，而且几乎触手可及。

“瞧瞧他那颗脑袋！”弗格森充满敬畏地说道，“老天！那才是领袖的脑袋呢。”

“没错儿！”铁匠满怀深深的崇敬说道，“瞧瞧他的鼻子！瞧瞧他的眼睛！透着精明吧？全身都是配套的智慧！”

“还有他苍白的脸色，”哈姆·三明治说道，“那是因为他老是动脑子——就是这么来的。见鬼！我们这些笨蛋连真正的思考是怎么回事都不明白。”

“我们从来就没动过脑子，”弗格森说道，“我们动动脑子想的事都是些芝麻绿豆大的琐碎事儿。”

“说得没错，韦尔斯·法格。再瞧瞧他皱眉头的样子——那是深思——一猛子扎下去，想啊，想啊，就能想出所有情况的底细，有四十英寻[①]深呢。他正在找什么事的线索呢。”

“哎，确实是，这一点你可别忘了。喂——瞧瞧他威风凛凛的严肃劲——瞧瞧他一脸煞白，严肃地绷着脸——死尸也不如他僵硬。”

“不，先生，绝对比不过！这是他从自己身上继承的，他已经死了四回了，历史上说过他的死讯。有三次是自然死亡，一次是意外事故死亡。听人说过他的气味已经湿漉漉，凉飕飕的了，就像一具尸首似的。然后居然……”

“嘘！好好瞧啊，看——他的大拇指梆梆地敲着脑门的中央，食指却敲着额角。现在他的思考正在转磨磨呢，我跟你赌那件衬衫。”

“是这么回事。现在他朝天空使劲盯着看，慢慢地捋着胡子，而且……”

“他站起身来了，正用右手的手指梳理左手上的线索呢。瞧见没有？他碰了碰食指——又碰了碰中指——现在是无名指……”

“难住了！”

“瞧他脸色阴沉下来了！好像是理不清那条线索，所以他……”

“瞧他笑了！——像只老虎咧开了嘴——他数也不数其他几个指头，像没那回事似的！他想通了，伙计们，他肯定是想通了！”

“哎，我还是得说！我可不愿意处在被他追捕的地位上。”

---

① 英寻：测量水深的长度单位，合 6 英尺，1.829 米。

福尔摩斯先生拽了张桌子立在窗前，背对着这几名密探坐了下来，开始写些什么。几名密探从窥视孔边退开，点燃烟斗，舒舒服服地吸烟、聊天。弗格森信心满满地说：

“伙计们，空口白牙地说可没用，他是位不可思议的人物！他浑身上下都带着不可思议的特征。”

“你这辈子就这句话说对了，韦尔斯·法格，”杰克·帕克说道，“喂，要是他昨天夜里就到这儿了，就没那些麻烦事了。”

“哦，我的天哪，肯定是！”弗格森说道，“那样的话我们就能看到科学的工作方式了。用智慧——绝对纯粹是智慧——绝顶聪明，不会不知道吧。阿尔奇还可以，我敢说没人敢小看他。可他的天才只不过是和鹰一样敏锐的视力，照我看绝对是动物才有的本能，这种本领太原始了，没有一丁点儿智慧，而且要说到办事的威风和不可思议的地方，和这位先生的做法可怎么比啊，比起——比起——哦，我看要是他肯定得这么办。他先迈步到霍根家瞅一瞅——只是瞅一眼就够了——前提条件就都有了。什么都看透了？对，先生，一点儿细节都不会漏掉。霍根一家在这儿过了七年都不如他这一眼看得详细。第二步，他就会坐在床铺上，还是那么平静，然后跟霍根太太说——喂，哈姆，权当你是霍根太太好了。我来提问，你来答。”

“好吧，来吧。”

“‘女士，您是否告知——注意喽——别让脑子走神。喏，来吧——孩子的性别？’

“‘女性，阁下。’

“‘唔，女性。很好，很好。年龄？’

“‘刚满六岁，阁下。’

“‘唔，年纪小，很柔弱——两公里，而后她就会疲倦，她会坐下来睡着。我们可以在两公里或者不足两公里的地方找到她。

牙齿？’

“‘五颗，阁下，还有一颗要出头了。’

“‘很好，很好，真是太好了。’你们看，伙计们，但凡瞧见一条线索的时候，他就知道这是条线索，那时候对别人来说这屁大点儿事都算不上。‘穿袜子吗，女士？穿鞋了吗？’

“‘是的，阁下——都穿了。’

“‘可能是毛线袜吧？摩洛哥羊皮鞋？’

“‘是毛线袜，阁下，小羔羊皮鞋。’

“‘唔，羔羊皮鞋，这下子事情变得复杂了。不管怎么说，就这样吧——我们应付得了。宗教信仰是什么？’

“‘天主教，阁下。’

“‘非常好。请您把床上的毯子剪下来一点儿给我。啊，谢谢。混纺的——国外制造的。好极了。请您把孩子的外套剪下一点儿来给我，谢谢，纯棉的，展示她的穿戴，一条绝妙的线索，绝妙极了。如果蒙您慷慨俯允，请递给我一撮儿地板上的灰尘。谢谢，感激不尽。啊，好极了，好极了！我想现在我能说进展到哪一步了。’你们瞧，伙计们，现在他已经掌握了所有想要的线索，用不着再找了。喏，而后呢，这位非凡的大人物会做些什么呢？他把那些碎布片儿还有泥球儿都掏出来摆在桌上，胳膊肘支着桌子，俯下身看着，把它们并排摆在一块儿研究研究——嘟嘟囔囔地自言自语说：‘女性’，把东西换换个儿——咕哝说，‘六岁’，要不这样、要不那样地换个顺序，再咕哝：‘五颗牙——一颗正在出头儿——天主教——毛线——棉线——羔羊皮鞋——可恶的羔羊皮鞋。’而后他直起身，凝视天空，又用双手通了通头发——通了又通，咕哝着说，‘该死的羔羊皮鞋！’再后来他站起来，皱着眉头开始掰着手指计算到手的线索——数到无名指的时候他给难住了。不过只是分分钟钟的事——然后就满脸笑容，仿佛房子着了火一样灿烂，于是他庄重高贵地挺直身子，对大家说，‘来两个人，带上一盏灯笼到印第安人比利家去把孩子带回来——其余的人回家上床睡觉。晚安，女士，晚安，先生们。’他像马特洪山峰[①]一样高不可攀地鞠一躬，开步走回酒店。这是他的风格——世上独一无二的——科学的、智慧的风格——他的推理过程全算在一块儿才十五分钟——不必满山艾丛里到处搜索一个半小时，周围还带着为他召集的人批群众，伙计们——听我的话没错！”

“哎哟我的天哪，说得真精彩。”哈姆·三明治说道，“韦尔斯·法格，你算把他琢磨透了。你描画得再确切不过了，简直跟书里画得一样。老天哪，听了你这番话我简直像是亲眼看见他了似的呢——是不是啊，伙计们？”

“说得不错！就像一张照片似的那么逼真，就是像啊。”

弗格森对自己表演成功深为满意，心里甚是愉快。他一言不发地坐了一会儿，心里偷着乐，而后低声咕哝着，声音里透着深切的敬畏之情。

“我真想知道他是不是上帝创造的。”

一时间没人答话，而后哈姆·三明治虔诚地说：

“我估计，不是一次完成的。”

第二章

当晚八点钟时，天气阴冷得要结冻了，有两个人在黑暗中一路摸索着走过弗林特·巴克纳的小屋。是歇洛克·福尔摩斯与他

① 马特洪峰的位置在瑞士与意大利之间的边境，以其一柱擎天之姿，直指天际，特殊的三角锥造型成为阿尔卑斯山的代表，四面均难以攀爬。

的外甥。

“在路上稍停一小会儿，舅舅，”费特洛克说，“我到自己屋里去一下，不会离开多久。”

他要了点儿什么东西——舅舅给了他——然后他消失在夜幕之中，不过很快又回来了，接着边走边谈。不到九点钟他们就逛回酒馆了。两人在台球室中穿过的时候，屋里聚集着一大群人，盼望着能瞅上这位非凡人物一眼。于是一阵热烈的欢呼声平地而起。福尔摩斯先生一连气庄重地躬身为礼，答谢人群，他的外甥随着他一边往外走，一边对聚集的人们说道：“歇洛克舅舅有点儿事要做，先生们，工作将会延续到十二点或是一点，不过那时他会重新下楼来，如果可以也许会更早一点，他希望到时你们中间能有人留下来陪他喝一杯。”

“哎哟我的天，他绝对是位公爵，伙计们！为歇洛克·福尔摩斯，世上最伟大的人山呼万岁！”弗格森大叫着，“嗨，嗨，嗨……”

“万岁！万岁！万岁！万万岁！”

欢呼声震撼着整座房屋，小伙子们所表达的欢迎之情是如此真诚。在楼上，舅舅温和地靠近外甥说道：

“为什么要替我定下这个约会呢？”

“我估计您并不希望自己不受欢迎吧，是不是，舅舅？唉，那么，就别把孤芳自赏带到矿场的营地来，仅此而已。小伙子们崇拜您，不过如果您连杯酒都不跟他们喝上一杯就想离开这儿，他们会把你当作势利小人。此外，您说过有满肚子家常话要一直聊到半夜。”

这孩子想得没错，而且很理智——做舅舅的认识到这一点了。其实孩子这么做还有一重意图，布置得同样很明智，不过这一点他没提及——只是对自己提醒了一下：“有舅舅和这些人就好证明我当时不在犯罪现场，他们的证言是没法推翻的。”

他和舅舅不知疲倦地谈了三个小时左右。后来，大约到了午夜时分，费特洛克迈步下楼，在离酒馆十几步远的地方停下，在黑暗中等候着。过了五分钟，弗林特·巴克纳摇摇晃晃地从台球室里走出来，几乎是与他擦肩而过的。

“我得手了！”小伙子低声咕哝着说。他继续顾自站在那儿目送这个模糊的身影远去：“再见——永别了，弗林特·巴克纳！你把我的母亲称作……唉，别在乎叫什么了，现在全都没关系了，这是你最后一次散步，朋友。”

他沉思着回到酒馆。“从现在开始到一点钟有一个小时。我们得和那些小伙子们一起度过，这对辩护有利。”

他把歇洛克·福尔摩斯带到台球室，在那里挤满了急切地要见到他的敬慕者，这位客人叫来酒水，游戏开始了。每个人都兴高采烈，每个人都心满意足，不久就打破了沉闷局面，随之而来的是歌声，是奇闻逸事，是更多的酒水，这些意味深长的分分秒秒飞逝而去。到差六分钟一点时，欢乐的气氛达到了最高潮，这时——

轰隆！

屋内当即静下来。沉闷的巨响在山谷顶端从一座山头滚到另一座山头，隆隆不绝，后来声音减弱下来，终于无声无息了。巨响一息，人们都直冲向门口，说：“什么东西爆炸了！”

门外，夜色中有个声音说道：“在山谷南头那边，我看到了火光。”

人群倾巢而出沿峡谷向下——福尔摩斯、费特洛克、阿尔奇·斯蒂尔曼，所有人都去了。一公里路几分钟就到了。借着灯笼的光亮，人们发现弗林特·巴克纳的小屋那片平滑而坚实的地板，而木屋本身连一丝痕迹都没留下，哪怕一片破布或是一块碎木片都没有了，弗林特也踪迹皆无。搜索队四处寻找，不一会儿有人一声大喊。

“他在这儿！”

真的。沿峡谷往南五十码的地方发现了他——就是说，发现了一堆破烂、没有生命的肉，这堆肉能够代表是他。弗特洛克·琼斯和旁人一起赶过去观看。

问询进行了十五分钟。哈姆·三明治是陪审团首席陪审员，他提出陪审意见，措辞当然是不太自然的书面语，最后还提出判决，即：“死者因自身行为或本庭不知名之某人或某些人之行为而丧生，身后未遗下家人或任何财产，仅有茅屋一座已炸毁，愿上帝垂怜他的灵魂，阿门。”

此后，等得不耐烦的陪审团成员们又回到人群中，因为能激发人们兴致的核心人物在那儿呢——是歇洛克·福尔摩斯。矿工们寂静无声地排成半环形站在那里，心怀虔诚，圈出一大块空场，开口朝着原先那座小屋的地基。这位非凡人物在空旷的场地内踱来踱去，由他的外甥提着一盏灯笼随侍身边。他用一条卷尺丈量了小屋的场地，丈量了树墙到小路之间的距离，丈量了树丛高度，还丈量了其他许多尺寸。他从这拣一片碎布头，从那拾一块碎木片，再到更远处捏一撮土，兴致浓厚地审视着这些东西，而后保存起来。他取出一只袖珍指南针找定当地的“方位”停了两秒钟等磁针矫正方向。他依据手表记下（太平洋沿岸）时间，又核算成当地时间。他步测了从小屋地基到尸首的距离，又按潮汐差异矫正了一下数据。他用一只袖珍无液气压表测量了海拔高度，又用一只袖珍气温计测了一下气温。终于他庄重地一鞠躬，说道：“结束了。可以回去了吗，先生们？”

他踏上回酒馆的征程，人群尾随而去，他们都热切地谈论着这位非凡人物，满怀钦佩之情，其间也插上一些猜测：这出悲剧的根源何在，又是出自何人手笔？

“乖乖，有他在这儿实在太幸运了——是不是，伙计们？”弗格森问道。

“这可是本世纪最重大的事件，”哈姆·三明治说道，“会传遍全世界，你们留心看吧。”

“当然！”铁匠杰克·帕克说道，“这事会让矿区生意兴隆，不是吗，韦尔斯·法格？”

“那么，既然你想听听我的看法——我自己的想法，我可以告诉你们说：昨天拿了一副同花顺，每步我只敢下注两美元，要到今天拿到这样牌色就能赌到十六美元。”

“说得好，韦尔斯·法格！这可是一个新矿区能撞到的最上乘的大运了。喂，你瞧没瞧见，他拾了些小块儿的碎布头儿、土渣什么的？多精明的眼光啊！一条线索他也绝不放过——那就是他的风格。”

“是这么回事。而且这些东西在外人看来毫无意义，可对他来说，哇，简直是一部书了——字体还相当大呢。”

“千真万确！这些零七八碎的小东西里都蕴含着古老的秘密，它们自己觉得不会有人挖掘出来，可是，老天爷！他伸手抓住这些小零碎的时候，它们就不得不告密了，你们千万别忘了。”

“伙计们，现在我一点儿也不遗憾帮着找孩子的时候他没在这儿了，照长远来看，这件事更为重大。对，先生，还更为复杂，更符合科学，更需要智慧。”

“我估计大家全都高兴是这么个结果。高兴什么呢？哎哟我的天，还真是难说清。你们不会不明白吧，要是阿尔奇有点儿理智的话，就该站在一旁注意这位先生是怎么制订方案的，他本来可以学着点儿什么。然而他偏偏没看，他到树丛那儿探头探脑地张望了一阵，正好把整个过程都错过了，没看。”

“和福音书一样一点儿不错，我也瞧见了。哎，阿尔奇太年轻了，总有一天他会懂得。”

“喂，伙计们，猜猜看是谁干的呢？”

这个问题可真难答，招惹得大家漫无边际的一大堆令人难以满意的推测。各种人选都有人提，他们都有可能，然而又因为不合理被一一排除了。只有年轻的希勒和弗林特·巴克纳过往亲密，没有人切切实实与他争吵过，但所有有意和他交往的人都遭到他的侮辱，尽管他并没有把人得罪到血债血还的地步。从最初就有一个名字等在人们的嘴边，但直到最后才提到他——弗特洛克·琼斯。是帕特·赖利提出来的。

“噢，对啊，”小伙子们说，“大家当然都想到他了，因为他有成百万的权利该宰了这个弗林特·巴克纳，显然这该是他的任务，不过即使如此，有两件事我们不能不提：其一，他没那个胆量；其二，事件发生当时，他并不在现场附近。”

“我知道，”帕特说道，“当时他和我们待在台球室那边。”

“对呀，出事以前一小时他就待在那儿了。”

“是这样。他够走运的，要不是这样，第一个就得疑心上他。”

第三章

酒馆儿餐厅里所有家具摆设都被清除出去了，只留下了一张六英尺长的松木饭桌和一张座椅。桌子顶在餐厅一端，椅子放在桌子上面。歇洛克·福尔摩斯庄严肃穆地端坐在椅子上，给人以深刻印象。人们都站在地下，屋内挤得满满当当，烟雾缭绕，静寂无声。

这位非凡人物举起手示意再安静一点儿，他的手臂在空中稍稍停了一会儿，而后，他用简单明快的语言提出一个又一个问题，注意听答话时则发出“唔——唔”的声音，点点头，或是做点类似的动作。此前他调查了有关弗林特·巴克纳所有的事情，关于他的性格、行为，以及习惯，人们能说的都说了。于是矿区里唯有这位非凡人物的外甥与弗林特·巴克纳有刻骨仇恨的事也浮出了水面。福尔摩斯先生满怀同情地向在场的人们微笑了一下，漫不经心地问道：

“先生们，你们当中是否有人恰好知道爆炸发生其时，费特洛克·琼斯这个小伙子在什么地方？”

雷鸣般的声音紧跟着答道：

“在这座楼的台球室里！”

“啊，他是否恰好在屋里呢？”

“在那儿一直待了有一小时！”

“啊。是大约——大约——那么，大约距爆炸现场多远呢？”

“整整一公里！”

“啊，的确，要作为不在现场的证明它还不太充分，然而——”

暴风雨般的笑声哄然而起，其中还掺杂着一声叫喊：“噢哟，可他快如闪电！”又是一声：“你这么说不觉得内疚吗，桑迪？”把剩下的句子生生打断了，那位遭人打击了的先生羞愧不已地垂下涨红的面庞。那位审讯者接口又说：“小琼斯与该案件的联系稍稍有点儿远（笑声喧哗），已被排除，现在让我们传进这幕悲剧的目击者，听听他们怎么说。”

他掏出那些碎片线索，排列在膝上的一块硬纸板上。满屋人都屏住呼吸注视着他。

“已知当地经纬度，并依据指南针变化进行过调整，这就告诉我们案发地点的精确位置。已知海拔高度、气温，以及时下湿度——这些信息的珍贵价值不可估测，因为我们得以精确地推测它们在黑夜对刺客的性格气质的影响程度。”

（钦佩之声嗡嗡大作，人们低声品评道：“哎哟我的天，他可太深邃了！”）他手指着线索道：“现在我们来请这些无言的目击者开口讲话。”

“我们有了一只亚麻制的空射手包，它告诉我们什么信息呢？是：这是一起有预谋的劫案，并非报复行为。进一步又告诉我们什么呢？是：案犯才智不足——我们可否称作轻率，或大体如此的说法呢？如何知道这一点呢？因为具有高超智慧的人不会计划抢劫巴克纳这个人，因为他从来不多带钱。但案犯或许是位外乡人呢？再让这只背包来说话吧。我从包中取得这样儿小东西。它是一块银光闪闪的石英。它很独特。请查验一下——你——你——还有你。现在请把它递还给我。这片山坡上只有一条矿脉能产出这种品质、色泽的石英，而且这条矿脉绵延将近两公里，依我看来，它注定会在不远的将来，名震环球，并且注定将给拥有这条矿脉的二百名产权人带来巨额财富，其价值超越了你们所有的梦想。请为这条矿脉命名吧。”

“基督教科技—玛丽·安娜[①]联合矿山！”有人应声作答。

紧接着屋里爆发出一片疯狂的欢呼声，每个人都伸出手去紧紧握住旁边人的手，眼中溢满泪水。韦尔斯·法格·弗格森大声叫嚷着：“听我说——我的同花顺就在矿脉上，从上到下有一百五十英尺深！”

人们平静下来后，福尔摩斯先生重新拾起话题：“于是，我们就领悟到有三件事已经确信无疑，即：凶手几乎很是轻率；他

---

① 玛丽·安娜是法兰西共和国的国家象征，是法国大革命期间涌现的代表自由和理性的人格化象征形象，代表法国的政治和价值观念。

不是外乡人；其动机在于抢劫，而非报仇。我们继续来看。我握在手中的是一小段导火线残片，上面有新近燃烧过的气息。它证明了什么呢？与已确定意义的证物——石英放在一起看，它向我们表明，凶手是位矿工。它又进一步告诉我们什么呢？在这儿，先生们：这一凶案确是以爆炸手段圆满完成的。它还说了些什么呢？在这儿：爆炸点定在小屋离马路最近的一侧——即前门那侧——因为我在距离此处六英尺的地方拾到此物的。

“我手指间捏着的是根瑞典制的火柴——在保险箱上擦火的那种。我于马路上拾得，与那座已炸毁的小屋相距六百二十二英尺。它讲述了些什么呢？在这儿：导火线是从该处点燃的。它又进一步说了些什么呢？是这个：凶手是个左撇子。我是如何知道的呢？我无法向诸位解释清楚，先生们，解释我是如何知道的，那些证据实在太微妙了，只有具有长期实践经验，经过深刻研究的人才能侦察得出。不过证据就在此地，有个事实加强了这一证据的说服力，诸位必然在侦探小说的描述中注意到的那一点——所有的凶手都是左撇子。”

“哎哟我的天，的确是这么回事！”哈姆·三明治说道，抬起巨掌响亮地拍了一下大腿，“该死的，我要早想到这个就好了。”

“我也没有！”“我也没有！”有好几个人大声叫嚷起来。“哦，没有什么东西能逃出他的眼睛——瞧瞧他的眼光吧！”

“先生们，尽管谋杀犯与受害人相距甚远，他也并未全然躲过伤害。现在我展示给诸位看的这块碎木残片击中了他。木片沾上了血迹。无论他在什么地方，都会带着这一泄露隐情的标记。我从他点燃导火线时所处的位置拣到了这块木片。”他居高临下巡视着全屋人，而后脸色阴沉下来，他缓缓抬起手，指着某人说：“凶手站在那儿！”

一时间满屋人都惊呆了，而后足有二十个人的声音突然爆发出来：“萨米·希勒？哦见鬼，不可能！是他？太荒谬了！”

“注意了，先生们——别急于否定。仔细观察一下——他眉头有血迹。”

希勒的脸色因惊恐变得苍白，他几乎要哭出来了。他左顾右盼，向每一张面孔请求帮助，请求怜悯。他恳求地向福尔摩斯伸出双手，开始辩解道：“不要，噢，不要！我从没干过，我发誓我从没干过。我额头上有伤是因为……”

“逮捕他，警察！”福尔摩斯大叫，“我会向法庭宣誓取得逮捕令。”

警察不情愿地向前挪了挪——迟疑了一下——停住了脚步。

希勒又大叫着恳求道：“噢，阿尔奇，别让他们这么干，这事会杀死妈妈的！你知道我是怎么受伤的。告诉他们，救救我，阿尔奇，救救我！”

斯蒂尔曼挤到人群前面说：“好的，我来救你。别害怕。”而后又向满屋的人说道：“别在意他是如何受伤的，这与案件毫无关系，而且也毫无意义。”

“愿上帝保佑你，阿尔奇，你是个真正的朋友！”

“为阿尔奇欢呼！来呀，小伙子，把这一对小家伙抬起来！”满屋人都大叫起来，为本国的天才人物而充满自豪。片刻之间广大群众心中腾起一股忠诚的爱国主义情怀，于是所有人的态度彻底扭转了。

年轻的斯蒂尔曼等着喧哗声停息下来，才又说道：

“我要请汤姆·贾弗里斯站在那边儿那扇门旁边，请康斯特布尔·哈里斯守在另一扇门这边，别让任何人离开屋子。”

“遵命！继续说，老伙计！”

“我相信罪犯就在屋内，如果我推测得不错的话，一会儿我就向诸位指出他来。现在我来向诸位讲述这个悲剧的始末。其动机并非抢劫，而是复仇。凶手的头脑并非草率。他也并未站到六百二十二米之外去。他不曾为一片木块儿所击中。他并未将炸药放在小屋边。他不曾带着一只射手背包，也不是左撇子。除去这些差错以外，这位卓越不凡的来客就本案的陈述大体上正确。”

一阵舒畅的欢笑声席卷过整座房间，朋友与朋友之间相互点头致意，就像在说：“这话粗鲁是粗鲁，可这才对啊。好小伙儿，好家伙，他可一点儿没降旗示弱呢！”

这位来客从容不迫之态未受影响。斯蒂尔曼接着又说：“我也有几位目击证人，一会儿我会告诉诸位到哪儿能找到更多。”他举起一根粗糙的导线，人们都探头去看。“上面覆有一层滑润的牛脂。这儿还有一根燃到半截儿的蜡烛，剩余的这半根上每一英寸就有一道刻痕标记。一会儿我再告知大家在什么地方发现这些东西的。现在我要把推理、猜测放在一边不管，也不管这些零碎线索放在一起时给人以多么深刻的印象，也放开侦探这一行其他戏剧化的表演，我只用一种简单易懂、直截了当的方式告诉大家，这一悲惨事件是如何发生的。”

他稍停顿了一会儿——等着屋里沉寂下来，让人们心中都提起悬念，也等着大家集中全部兴致来听，而后他继续说：

“凶手是吃了一番苦头之后才研究出这一方案的。这个计划相当圆满，具有天才，它展示出一副智慧的头脑，而非低能的才智。它经过严格计算，以便挡住对其创造者的任何怀疑。首先，他在一根蜡烛上刻上标记，每一英寸一道刻痕，然后点燃蜡烛计算燃烧时间。他发现燃尽四英寸长的蜡烛需用三小时。方才，就在这座楼上我自己也尝试了一下烧了半小时，那时这间屋里正在盘问弗林特·巴克纳的性格以及行为习惯，而我则用上述方法取得了蜡烛在挡住风时燃烧效率的数据。他验证了蜡烛燃烧效率后，就把实验用的蜡烛扔掉了——我已向诸位展示过那一根，他又在一根全新的蜡烛上刻了尺寸标记。

“他将新蜡烛插在锡制蜡钎上，然后在五小时刻痕处挖了个洞，用一根烧红的导火线穿过蜡烛。我已向诸位展示了那根电线，上面有润滑的牛脂外皮——牛脂曾经融化过，而后又冷却凝固了。

“他辛辛苦苦地——我该说是费了好大力气——他奋力地穿过弗林特·巴克纳住处后边爬满小树丛的陡峭的山壁，手里拖着一只空面粉桶。他将桶藏在一处绝对牢靠的地方，而蜡钎就固定在桶底上。而后他量定大约三十五英尺长的导火线——也就是桶与小屋后身儿间的距离。他在桶壁上挖了个洞——这就是他用来钻洞的手锥。接下去他完成了自己的工作。一切就绪后，导火线一端连在巴克纳的小屋里，另一端穿在蜡烛上的小洞里，这一端导线上刻有一个 V 形槽口以便引爆炸药——引爆的时间定在今天凌晨一点钟。我们假定蜡烛于昨晚八点钟的时候被人点燃——我敢打赌是这样的——再假定小屋里有炸药，而且和导火线的这一端连在一起——这一点我也敢打赌，尽管我无法证实它。伙计们，桶就在树丛那里，残存的蜡烛就插在桶里的蜡钎上，燃尽的导火线就在手锥锥出来的洞里，另一端留在山脚下先前那座小屋坐落的地方。一两小时以前我瞧见了这些东西，当时这位大专家正在测量那些毫无关联的空洞数据，收集与本案并无牵扯的碎片呢。”

他停了停，满屋的人都长长地深吸了一口冷气，活动一下绷紧了的神经与肌肉，爆发出一阵喝彩声。“该死的！”哈姆·三明治说道，“他就是为这个才围着树丛探头探脑的，而没有从大专家的游戏里听门道。瞧瞧——他可不是个笨蛋，伙计们。”

“不，先生！哇，老天爷……”

然而斯蒂尔曼又接下去说：“一两小时以前，我们在外面的时候，这只锥子和试验用的蜡烛的主人就从隐藏处把它们取出来——那并不是个绝妙的地方——带到松林外两百码的地方藏了起来，很可能他认为那地方更好一点儿，还用松针盖起来。我是在那儿发现这些东西的。锥头和桶上的洞严丝合缝。现在……”

那位非凡的人物打断了他的话头。他嘲讽地说道：

“我们刚刚听了一篇相当精彩的神话故事，先生们——的确非常精彩。现在我有意向这位年轻人问一两个问题。”

有些小伙子惊惶地退缩了，弗格森还说：“恐怕阿尔奇要挨骂了。”

其他人则收敛了笑容，变得严肃起来。福尔摩斯说道：

“让我们依次有序地继续研究这一神话故事——可以说是用几何级数运算方法探讨一下——将一个又一个细节贯穿起来，向着这一华而不实的荒谬的玩具堡垒，向着这一想象思维尚未成熟的梦幻工厂稳步前进，并发起所向披靡的进军，我们的步伐稳健坚韧、毫不留情。首先，年轻的先生，目前我只期望能询问三个问题——目前来说。我可否如此理解，您的看法是，这根假定参与本案的蜡烛是于昨晚八点钟前后点燃的呢？”

“对，先生——八点前后。”

“您能否确定就在八点钟呢？”

“啊，不能，我无法如此确定。”

“唔，如果有人恰于当时途经该地，就几乎必然会遭遇该凶犯，您认为对吗？”

“是的，我想该是如此。”

“谢谢，足矣。迄今而言，我是说，就现在而言足矣。”

“该死的！他正设埋伏等着阿尔奇呢。”弗格森说道。

“八点半左右我自己就在附近——不，大约九点。”

“是——真的？真有趣——真是太有趣了，或许您遭遇到那名凶犯了？”

“不，我没遇到任何人。”

“啊。那么——如果您要为自己的论断寻找借口——我实在看不出这条信息现实意义何在。”

“毫无意义，迄今而言，我是说迄今而言——尚无意义。”

他稍停了停，而后继续说道：“我并未遇到凶犯，但找到了他的足迹，我对此很有把握，因为我坚信他就在屋里。我要请诸位一个一个从我身前走过——到这儿来，这儿光线充足——这样我就可以看到你们的脚。”

兴奋的嗡嗡喧哗声横扫全屋，人们开始排队走过，这位外来客尽力严肃如钢铁般注视着队伍，却未取得彻底成功。斯蒂尔曼弓着腰，用手掌遮住双眼，目不转睛地紧盯住每一双走过的双脚。五十个人慢慢地一个又一个地走过去了——毫无结果。六十人，七十人，事情开始变得荒唐可笑了。外来客以温和的嘲讽语气开口说道：“今晚凶犯显得稀有可贵嘛。”

满屋人都看出这句话的幽默所在，又爆发出一阵会心的大笑。又有十个、十几个人选走过去了——不，是舞蹈着走过，他们轻佻滑稽地跳跃着逗得旁观者大笑不止——突然间斯蒂尔曼伸出手说：“他是凶手。”

“弗特洛克·琼斯，我的老天哪！”人们哄笑起来。随后立即激起有如烟火般天花乱坠、令人眼花缭乱而且困惑不解的激动的谈论。

喧闹声到达高潮时，这位外来客扬起一只手要求安静下来。他的鼎鼎大名与卓绝个性对满屋人群具有一种神秘莫测的强制权威性，人们遵命静下来。这位外来客由于赢得了期望中的宁静，以尊贵的口吻饱含情感地开口了，他说：“这件事很严肃，它攻击了一条无辜的性命，毫无疑问是无辜的！必定无误是无辜的！听我来验证事实真相，且看一件何其简单的事实就能扫灭这一轻率愚蠢的谎言。听着，朋友们，昨天晚上这个小伙子始终未曾离开我的视线之内！”

此言效果深刻。人们都转头去看斯蒂尔曼，眼中充满严肃的疑问之色。他的面容放出色彩来，说道：“我早就知道还有一个人！”他轻快地迈步走到桌边，细细地瞅着外来客的双足，而后扬头瞧着对方的脸，说：“你和他待在一块儿！他点燃那只蜡烛，它后来渐渐地引着了火药，那时你与他相距不足五十步！”（引起轰动。）“此外，是你亲自提供的火柴！”

很显然这位外来客似乎被打中了要害，在公众眼中看来是这样的，他张口要说话，然而简直语不成句。

“这……呃……这真荒谬……这……”

斯蒂尔曼紧紧抓住这一明显的优势，他举起一根烧焦的火柴梗。

“这是其中一根。我在树丛中发现它的——那边还有另一根。”

这位外来客当即出声说道：“对了——而且亲自把它们放在那里！”

这话被认定是有力的一击。斯蒂尔曼立即反击。

“它是蜂蜡所制——是这个矿区闻所未闻的一种蜡。我时刻准备站在证人席上。您呢？”

这一次外来客犹豫不决了——哪怕最驽钝的眼光也可以看得出来。他不知所措地搓着双手，嘴唇动了一两下，然而没有吐出一个字。满屋的人满怀强烈的悬念等候着，观望着事态，而无声无息的环境又加剧了此情此景的紧张气氛。不一会儿，斯蒂尔曼语气温和地说道：“我们等候您的决定。”

又是一段短暂的沉默，而后这位客人以低沉的声音答道：

“我拒绝调查。”

场内并没有嘈杂的表态声浪，然而满屋里一个又一个声音低低地咕哝道：“妥了！他得任阿尔奇宰割了。”

现在该干些什么？似乎无人知晓。这一时刻局面很是尴尬——当然，只不过因为事情急转直下，为人们始料所未及，以致这些缺乏经验的头脑对此毫无准备，而人们在震惊之余头脑纹丝不动了，就像一只停摆的钟表一样。不过稍过了一会儿，这部机械又开始尝试着投入运转了。人们三三两两聚在一堆，嘁嘁喳喳地提着或这样，或那样，或别的什么样的建议。有一条主张取得了大多数人的赞同，即给凶手投上一张感谢票，感谢他驱除掉弗林特·巴克纳，让他走得远远的。然而有些人头脑是冷静的，反对这一意见，他们指出东部各州里的糊涂虫们会把此事当作丑闻广为传播，而愚蠢的谣言也将永无宁日。最后冷静一些的人们占了上风，一致通过了自己的主张。于是他们的领袖宣布开会，宣称——按这种意思说：弗特洛克·琼斯应投入监狱，交付审问。

决议得到执行，显而易见现在没什么更多的事可做了。而人们也都很高兴，因为私下里说大家没什么耐心再出去，冲到那幕惨剧现场，去瞧一瞧树丛还有别的东西是否真的在那里。

然而不——解散又被阻止。惊人的事件还没全部结束呢。那一段时间里，费特洛克·琼斯一直静静地抽泣着，有那么多令人兴奋的事件接二连三地出现，吸引住人们的视线，没人注意到他。然而当发布命令逮捕他，审判他的时候，他突然绝望地叫起来。

“不！没有用。我不想进监狱，我不想进监狱。我已经承受了自己想得到的一切厄运，一切不幸。现在就吊死我吧，放过我！无论怎么说，秘密都会泄露的——没有人救得了我。他把一切都讲出来了，就像他一直跟我在一起，眼瞧着我干似的——我并不知道他是如何发现秘密的。你们也会找到那片树丛以及那些东西，然后我就一点儿生的机会都没有了。我杀了他，如果他待你也像待一条狗，而你不过是个孩子，又虚弱又可怜，一个能帮你的朋友都没有，你也会这么干的。”

“还让他得到应有的报应！”哈姆·三明治插嘴说道，“瞧瞧，伙计们……”

警察说道：“肃静！肃静，先生们！”

一个声音叫道：“你舅舅知道你要做些什么事儿吗？”

“不，他不知道。”

“的的确确是他给你的火柴吗？”

“是的，是他给的，可他不知道我要火柴干什么。”

“你出外办这样一件大事的时候，怎么会冒险让他跟随在一旁呢——而他还是位侦探哪？那是怎么回事？”

男孩犹豫了一下，尴尬地抚摸着扣子，而后羞涩地答道：

“因为家庭成员中有侦探，我很了解他们，如果你不希望他们发现一件事，你最好在办事时带他们一同去。”

场内掀起一阵旋风般的狂笑，那是向这番朴素天真的智慧闪光致以敬意，可这笑声并没在多大程度上减弱这名小流浪儿的尴尬之情。

第四章

摘自寄给斯蒂尔曼太太的一封信，仅标明日期为“星期二”

费特洛克被监禁在一间无人居住的小木屋里，留在那儿等候审判。哈里斯警官给了他两天的口粮，嘱咐他自己保护好自己，还许诺只要该到送食物的时候，就来顺道看看他。

第二天早晨，我们二十几个人出于友情和希勒一起出发，帮他掩埋已故的亲戚，就是那位无人为之叹息的巴克纳，我做抬棺人第一助手，希勒打头。我们刚刚干完活，就有一位衣衫褴褛，神情忧郁的外地人一瘸一拐地走过，他手提一只提包，脑袋低垂着，于是我找到了跑遍全世界一直在追踪的气味！此时我希望已近破灭了，这气味简直是来自天堂的香气！

我极其迅速地站在他身边，把一只手温柔地放在他肩上。他猛地瘫倒在地上，仿佛遭受了闪电一击，让他一下子蜷缩到自己的足迹上。伙计们跑来时，他挣扎着跪下，向我伸出双手乞怜，他喋喋不休地乞求别再迫害他，还说："您已经跟踪我转遍全世界了，歇洛克·福尔摩斯，上帝做证我从没伤害过别人！"

他狂野的双眼告诉我他已经疯了。这就是我的杰作，母亲！除了哪一天听到您去世的噩耗，世上再没有什么事能让我重新体会这一刻自己内心的痛苦。伙计们扶他起来，围拢着他，心中都充满同情，和他说着最温柔、最动情的话语，说振作起来，别担心，他现在已经待在朋友之中了，大家会照顾他，保护他，会把任何一个敢碰他的人都吊死。这些粗鲁的矿场小伙子们，当你唤醒他们心灵阳光灿烂的一面时，他们就像许许多多的母亲一样。是的，而当你唤醒他们肌体的另一侧面时，他们又像许许多多孩子，鲁莽而不讲道理的孩子。他们用尽所能想出的一切办法安慰他，可没一样有效果，直到最后韦尔斯·法格，他是位聪明的军事家，他说："如果只是歇洛克·福尔摩斯给你找麻烦的话，你用不着再担心了。"

"为什么？"这位绝望的疯狂者急切地问道。

"因为他已死了。"

"死了！死了！噢，别跟我这么个可怜的落魄鬼开玩笑了。他死了吗？你们以名誉担保，哪——他说的是真的吗，小伙子们？"

"就像你待在这里一样的确是真的！"哈姆·三明治说道，

大家全都随声附和。

“上周他在圣伯纳第欧让人吊死了，”弗格森补充说道，敲定这事是可靠的，“就在他到处跟踪你的时候，人家把他当成另一个人了。他们对此很遗憾，可已经无能为力了。”

“他们正在给他树一块纪念碑。”哈姆·三明治说道，那口气就仿佛他也出过力，才知道这回事似的。

“詹姆斯·沃克”长长地叹了一口气——显而易见那是获得解脱后的叹息——他什么话都没说，只是双眼中狂野的神情消失了，而镇定之色清晰可见，脸上扭歪的表情也和缓了些。大家都回到小屋去，小伙子们用矿区能拿得出的东西为他整治出一顿最好的大餐。他们忙这事的时候，我和希勒替他从头到脚换了一身新衣服，把他打扮成一位清秀俊朗的老年绅士。说“苍老”很是恰当，而且他形容可怜，因为精神颓丧双鬓染霜，再加上痛苦与压力刻在面上的痕迹，他苍老了，尽管就年岁而言他正当盛年。他吃着饭，我们抽着烟闲聊。吃完饭他终于开口讲话了，主动吐露了他个人的故事，我无法精确地记述他所说的话，可我会尽力贴近原话。那个“坏蛋”的故事是这样的：我住在丹佛，我到那里许多年了，有时候我还能记起是有多少年，有时候就记不起来——可这没什么关系。突然之间我收到一张通知叫我离开，否则就披露我在很久以前犯下的滔天大罪——是在很多很多年以前——在东部犯的罪行。

我听说了那条罪名，可我并不是真凶，那是我一位同名的叔伯兄弟。我怎么办才好！我吓得脑子里一团糟，我不知道该怎么办。只给我很短一段时间——我想是只有一天吧。消息若是一公开我就毁了，人们会给我动用私刑，而且根本不会相信我所讲的话，动私刑总是这套路子：人们发现错了的时候会很内疚，可已经悔之晚矣，——你们瞧，就像歇洛克·福尔摩斯的事一样。因此我说自己会卖掉产业，弄到生活费逃走，等到事情烟消云散以后，再带着证据返回。于是我在深夜出逃了，我在某个地方的山里走了好长一段路，乔装打扮，隐姓埋名生活下来。

我越来越痛苦，越来越焦急。痛苦让我看到许多精灵，听到许多声音；大脑受了这么重的刺激，什么事我都想不明白，越想就越糊涂，就越深陷其中不能自拔，最后只能放手不想。这种情况越演越烈，我看到了更多的精灵，听到了更多的声音。它们无时无刻围绕在我的周围，最初只是在夜间出现，后来白天也是如此了。它们一直围着我的床低声说话，密谋对我不利。这打扰了我的睡眠，让我总是精疲力竭，因为得不到充分休息。

后来最糟的情况来临了。有天夜里那议论声说道：“我们永远也无法成功，因为我们看不见他，这样没法向人们指出他来。”

它们都叹气了，后来一个声音说：“我们必须请来歇洛克·福尔摩斯，十二天以内他就可以到这儿。”

它们都同意了，还高兴地嘁嘁喳喳说话，又蹦又跳。可我的心碎了。因为我读过那个人的故事，我知道他有超乎常人的洞察力与不知疲倦的精力，要是他跟踪上我会发生什么。

精灵们跑开了去带他来这儿，于是我当即起床，深更半夜就逃走了，除了一只装着钱的手提包什么也没带——总共有三万美元，其中三分之二还在包里装着。四十天后那位先生追上了我，我只有逃跑。他出于习惯在一家酒店登记簿上签了真实姓名，但又画掉换上“达格特·巴克利”的名字。然而恐惧心理会给予你敏锐而警惕的观察力，我从画乱的笔道中认出了真实姓名，就像一只母鹿一样机警地逃走了。

他在全球范围追捕我，追了有三年半——到过太平洋沿岸诸州、澳大利亚、印度——到过你想得出的任何地方，而后重返墨西哥，再到加利福尼亚，一点儿休息都不给我，不过登记簿上的签名总能救我幸免，我所剩下的不过是这条性命了。我太累了！他让我过了段多么惨痛的日子啊，可我以名誉发誓，我从未伤害过他，或是别的什么人。故事到此结束了，我有把握说那些小伙子们为之热血沸腾，就我而言——每个字敲击在我的内心时都会炙起一个洞。

大家表决同意让这位老人和我们一起睡，在我和希勒家做客。自然我不会暴露自己的意图，不过一旦他充分休息，补足营养后，我就会带他回丹佛归还他的财产。

小伙子们像朋友一样和他紧紧握手，那力道简直能把人骨头都握碎了，这是矿区的握手方式，而后大家四散开去传播这条新闻。

第二天拂晓，韦尔斯·法格·弗格森和哈姆·三明治轻轻地把我们叫出门来，悄悄说道："那位年老的外乡人所受虐待的消息已经传遍了，整个矿区都震动了。人们从各处涌来，打算给那位大师用私刑。哈里斯警官吓得要死，已经给地方司法长官打电话。来吧！"

我们拔腿就跑。别人都有权照自己的愿望去体会这件事，然而在我内心深处，我盼望司法官能及时赶到；您能理解我有点儿小小的愿望，希望歇洛克·福尔摩斯为我的所作所为被人吊死。我听说过许多有关这位司法长官的事，可为了进一步确定一下我还是问了："他能阻止暴民吗？"

"他能阻止暴民吗？杰克·费尔法克斯能不能阻止暴民！哇，我真得笑出来！亡命徒一个——他绳子上套着十九张头皮呢。他能不能！哦，哎哟哟！"

我朝峡谷上方跑的时候，宁静的云端上隐隐传来远方大喊大叫大吼大吵的声浪，随着我们冲得越近，声音逐渐扩大了。一声又一声咆哮突然作起，声音越来越强，越来越接近。最后，当我们上冲到酒馆前一片广场上的人群面前时，轰轰的人声足以震耳欲聋了。

几个来自戴利峡谷的残忍恶棍已经牢牢地控制住了福尔摩斯，在那里他堪称最平静的人了，他的双唇边闪动着一丝傲慢的微笑。如果在这个英国人的心中存在对死亡的恐惧，那么他钢铁般的意志就是这份恐惧的主宰者，不许他显示出一丝一毫的惧怕。

“过来表决，伙计们！”这话是戴利那伙人中的一个人，沙德贝利·希金斯说的。“快！是吊死，还是枪毙？”

“都不是！”他的一名同伴答道，“一周不到他就又活过来了，对他来说还是火烧持久一点儿。”

所有来自边远矿区的人们都发出一声雷鸣般的吼声表示赞同，他们争抢着蜂拥而上直奔那名囚犯，紧紧围着他叫嚷着：“用火刑！当然是火刑！”人们把他拖拽到一根拴马桩前，背靠着它，用索链绑在上面，在他周身堆起木柴和松枝，堆到腰际。那张坚强的脸上依旧面不改色，那抹嘲弄的微笑也仍然荡漾在他薄薄的唇角边。

“火柴！拿火柴来！”

沙德贝利擦着火柴，用手遮着火苗，弓下身举到松枝堆下边。一群乌合之众一下子鸦雀无声了。柴堆点着了，一朵微弱的火苗围着柴堆闪耀跳动了一下或两下。我似乎听到远方马蹄声响——越来越清晰可辨了——更加清晰了，声音越来越明确了，然而那些一心不二用的人们似乎并没注意到。火柴熄灭了。那人又擦着了一根，弯腰，于是火苗再次燃起，这次火焰卷到柴堆上开始蔓延开——四周的人们都别过脸去。那名刽子手手指头里捏着烧焦的火柴梗，观赏着自己的杰作。马蹄声转过一块突出的山岭，如今轰响到我们跟前。几乎同时一声大喝：“司法长官到！”

他径直冲进人群中，马儿几乎后腿着地直立起来，他说道：“退后，你们这些流浪汉！”

他的话遵照执行了，只除了这群人的头目不听。那人站在当地伸手去摸左轮手枪，司法长官动作敏捷地按住了他，说道：

“放开手，你这个只会空谈的亡命徒！把火踢灭，解掉绳子放开那个外地人。”

这位只会空谈的亡命徒遵命照办了。然后司法长官做了一番讲演。他像军人一样舒服地坐在坐骑上，并没有激烈的语言，碰都没碰关于火刑的事，而是运用了一种谨慎而缜密的措辞，口吻与措辞协调一致，可那份无礼令人难忘。

“你们可真有教养——喏，不是吗？刚好够得上跟这个骗子一块逛到这儿来——跟沙德贝利·希金斯——这个背后开黑枪，把自己都说成暴徒的大嘴小贼。要是说有什么事让我特别瞧不起的，那就是滥用私刑的乌合之众，我从没看到哪堆乌合之众里有一个正常人的。赌到一百比一才能鼓足勇气去抓一个病歪歪的裁缝。凑在一块儿的都是些懦夫，养出这些人的那个村子里也都是些胆小鬼，而且一百回里有九十九次是当地的司法长官就是个懦夫。”他稍停了停——显然是要把最后那句话再深思熟虑一番，再品味一下——而后接着说道：“允许暴徒把囚犯从身边带走的司法长官就是最下贱的胆小鬼。据统计，去年美国就有一百八十二名暴徒接受黑钱。要照这种形势说，不久医学手册里就得出个新名词儿了——司法长官抱怨症。”这个念头让他很得意——任何人都瞧得出来。“人们会说‘又是司法长官病？’‘对，还是那些老毛病。’接下来就能有个新头衔。比如人们不说，‘他正竞选拉帕霍镇的司法长官。’他们要说成，‘他正竞选拉帕霍的胆小鬼。’老天爷，一个成年人竟然怕一群乌合之众！”

他转眼看了那名俘虏一眼，说道：“外地人，你是什么人，你干了些什么？”

“我叫歇洛克·福尔摩斯，我什么都没干。”

那个名字给予司法长官的感受真是美妙不凡，尽管他肯定早就熟知这个名字了。他充满感情地说：一位以其丰功伟绩而誉满乾坤，以其机智巧妙名震天下，而且通过精彩诱人的文字描述，其故事早已赢得每位读者的心，而他却在星条旗下遭受如此羞辱，这简直是国家的奇耻大辱。他以国家的名义向福尔摩斯致歉，并且极有翩翩风度地鞠躬为礼。他嘱咐哈里斯警官送这位回寓所，如果这位先生再次受到侵犯，他就要负责任。而后他转头对着那群乌合之众说道：“回你们的窝里去，你们这些人渣！”人们照办了，而后他又说：“跟我来，沙德贝利，我要亲自处理你的案子。不——带着你那中看不中用的枪，要是有我害怕你带着它站在我背后的那一天，肯定是头一年我加入了一百八十二人行列的时候。”他轻松地骑马去了，沙德贝利随后跟着他。

我们返回小屋途中，快到早餐时间了，碰到有消息说费特洛克·琼斯夜间越狱逃跑不见了！没人感到遗憾。要是他舅舅愿意就自己去追吧，这事他在行，矿场的人们可不感兴趣。

第五章

十天后。

“詹姆斯·沃克”现在一切都好，头脑也表现了一些改善。我准备明天一早和他出发去丹佛。

第二天夜间。在一座车站寄出的短笺。

今天早晨我们出发时，希勒对我小声耳语道：“别把这信儿告诉沃克，直到你认为没有危险，不太可能刺激他的大脑的时候，可以用它来检验他的改善情况：他讲述的早先那个罪行的确存在——就如他所讲的是他的叔伯兄弟干的。前几天我们埋葬了真凶——这个世纪里最不快活的人——弗林特·巴克纳。他的真名唤作‘雅各·富勒’。”妈妈，在我这个无知无觉的哀悼者帮助下，您的丈夫、我的父亲已经长眠了。让他安息吧。